Los amantes de la viuda Cuevas

Ani Palacios

PUKIYARI EDITORES
www.pukiyari.com

Para Yuri

Las campanas del mediodía resuenan a lo lejos, el *Angelus*. El ángel del señor se le apareció a María. La anunciación. El inicio de todo. Jesús viene para salvarnos. Demasiado tarde. Si la salvación pasó por aquí, de hecho no me vio… o me vio y se hizo la idiota. Demasiado tarde en mi temprana vida. Escucho las campanadas. A mí ese sonido me sabe a mierda. A un adiós inmerecido. Lágrimas sin sentido alguno de la uniformidad bajan veloces confundiéndose en charcos, en ríos de sal y *para siempres* que no lo son, en lagunales que engendran deseos torcidos, que todos desaparezcan, que dejen de mirarme como si mi futuro estuviera por ser enterrado en ese féretro, en pozas cristalinas de aguas termales que escuecen mi piel, que sulfuran el aire que respiro, que llenan de acetona y metal el ambiente. El olor a muerte de los pacientes terminales regresa con la ventisca, me envuelve hasta sofocarme, el aroma de la basura saliendo de las fosas nasales, la garganta, los oídos, la podredumbre que los posee antes de su muerte, la descomposición del cuerpo vivo.

De pie, vistiendo de negro, acompañada de los mellizos que él y yo hicimos felices de la vida, antes de que los *mañanas nos ocupamos* dejaran de ser verdad porque mañana es hoy, y hoy mi marido está muerto, siento que soy la única persona que ha vivido algo así, la única viuda del mundo. Es estúpido pensarlo, menos sugerirlo. Es su entierro y yo estoy preocupada por el futuro que él no me dará, en los planes que quedarán colgados en el clóset, junto con las enormes pantuflas que nadie podrá usar, en los *te quiero, te amo, abrázame* que no volveré a decir; en los *te deseo, estás linda, pienso en ti todo el tiempo* que él no me volverá a susurrar.

¿Qué es lo que se supone que debo hacer ahora? ¿Vestir de negro? ¿Convertirme en una abuelita encogida? ¿Castrar todos mis deseos en la plenitud de la existencia? Casada recién salida del colegio, viuda a los treinta y pocos. Con hijos que recién empiezan la ruta en la que aprenden a volar solos. Viuda del amor de mi vida. Del único hombre de mi vida. ¿Qué se supone que debo hacer con mis sentimientos y mis deseos? ¿Enterrarlos junto con ese cuerpo que no quise ver en el velorio? Ya bastantes despedidas nos dimos en el hospital, en la muerte lenta que es una enfermedad larga y erosiva. ¿Con quién se supone que compartiré mis *en las buenas y en las malas*? ¿Quién me hará reír? ¿A quién me entregaré cuando el frío de este castigo eterno me sobrecoja?

Un pelícano sobrevuela demasiado bajo, casi rozando la tierra húmeda por la garúa que en esta ciudad no se detiene nunca. Me despierto de mi soliloquio. Miro hacia el pajarraco. Pescado, olor de pescado, harina de pescado, sexo bravo, clímax ardiente, uñas sobre carne hirviente, besos sobre piel erizada, miradas radiantes de amor. El pelícano se acerca, viene buscando comida, como si la fetidez de la muerte le fuese un afrodisiaco. Al vernos mirándolo se hace el desentendido, pero al rato despega.

Lo que estoy viviendo es nada para el resto del mundo. Se ha muerto mi alma pero todo sigue igual. El pelicano busca qué comer, la llovizna no amaina, el gris de Lima no cambia. Escucho la voz del sacerdote diciendo las palabras que sabe de memoria. *Dios lo llamo, Dios lo quiso*. A él lo quiso pero a mí no me quiere, a mí me odia. *Requiescant in pace*. Se llevó mi luz, mi vida, mi energía, mis ganas de vivir. *In saecula saeculorum*.

Van bajando el ataúd y no lo puedo soportar. Tengo que mantenerme en calma en frente de la familia, por mis hijos, por sus padres. Busco recuerdos amables, cosas bonitas antes de la enfermedad que lo hizo polvo en cuestión de meses, revuelvo en mi mente, abro cajones, puertas, ventanas, escudriño en cada rincón; dentro de mi cerebro una versión de mí, la verdadera, pierde la razón tratando frenéticamente de levantar el peso de las memorias actuales para encontrar alguna huella que le lleve a un recinto distante etiquetado con la palabra "felicidad".

Absólve, quæsumus, Dómine... Deseo que esa voz gangosa anunciando el final se apague, pero el sacerdote sigue. *Mi amor, no te vayas,* le ruego en la cama estrecha del hospital, colocó mi mano ansiosa dentro de la suya, huesuda. *Ánimam fámuli tui.* Él hace un esfuerzo por acariciar mi cabello, pero apenas si puede levantar su mano hasta una nada en el aire cuando se da cuenta de que no lo logrará. Me sonríe, tímido, casi abochornado por lo que está sucediendo, como si esta enfermedad fuese su culpa. Lo beso en los labios secos de vida. Asiento mi cabeza sobre su corazón. *Ut, in resurrectiónis glória.*

Las piernas me tiemblan, un sudor frío brota de entre mis pechos, como si me hubiese corrido una maratón por todo el malecón de Miraflores. Siento los latidos de mi corazón. La despedida es dura. *Et lux perpétua lúceat ei.* Veo toda nuestra vida juntos pasar ante mis ojos. Una pantalla gigante refleja con nitidez nuestros momentos, me ciega con su luz, el dolor se expande bajo mi cráneo, un terremoto de huesos quebrándose parece avanzar hasta mis pupilas, convulsiono en mi interior, no encuentro una baranda de donde sostenerme. *Eorúmque peccáta dimítte.* Quiero irme con él, caer en ese hueco profundo de la desesperanza, de lo que no tiene remedio, y seguirlo al más allá. *Chrístum dóminum nostrum.*

Cuando me doy cuenta, todo ha terminado, por fin, y ya vamos camino a casa. Pienso en todas las veces que tendré que retornar a verlo, a ver su lápida más bien, porque a él sólo lo podré ver en mis sueños, y decido en ese instante que nunca regresaré al cementerio.

Quiero acordarme de nuestra última noche juntos y sólo puedo pensar en esa palabra: última, última, última. No puedo siquiera enfocarme en algo bonito porque la realidad es decapitante. Mi cuerpo está aquí, pero no lo siento, soy como un títere ahora. *Siéntate aquí, comete esto, piensa en los mellizos.* Puedo sentir lo que pasa a mi alrededor, pero mi alma se ha quedado en el cementerio. Estoy drenada de emociones y al mismo tiempo espero que él aparezca en cualquier momento en nuestra casa. Quiero verlo, besarlo, que me diga que todo se trata de una de sus bromas pesadas. Quiero que me diga que me calme, que no pensó que me moriría de la pena. Quiero verlo reírse con esa risa contagiosa que me eleva y me lleva fuera y más allá de todo mal terreno. Quiero que me levante en vilo y me coloque en el pedestal que construyó para mí.

Pero anteanoche fue la última vez. Ya no hay más. La última vez que nos miramos a los ojos, enamorados como el primer día que nos conocimos. La última vez que escuché su voz profunda acariciando cada fibra de mi ser. La última vez que nos pudimos tocar bajo las sábanas. La última vez que sentí su calor enfriándose cerca de mí. La última vez que cantamos juntos mientras su mirada se perdía en un sueño de morfina. La última vez que nos despedimos. La última vez que lo vi irse a dormir para no despertar nunca.

Se acabó su cuerpo, su vida, pero yo no puedo dejar de sentirlo, de desearlo, de pensar que pronto la mala noticia dejará de serlo. No puedo concebir mi vida sin él, y, sin embargo, cuando por un segundo puedo ver lo que me rodea a través de mis lágrimas, esto es lo que encaro.

Las ceremonias funerarias llegan a su infeliz final. Los concurrentes por fin se desbordan fuera de mi casa llevándose consigo todas sus palabras lenitivas, *Está en un mejor lugar*, que cortan como cuchilletas mi piel árida de su piel. Vuelvo mi atención a los pequeños en mi regazo, quiero decirles algo, algo que de alguna manera los conforte, *Tu papi descansa en paz* es lo único que viene a mente. Mentiras que nos decimos, que nos dicen, que les decimos a otros cuando lo que en verdad queremos hacer es putear, carajear, mandarlo todo a la conchesumadre. *Dios lo tiene en su gloria. Dios se lo llevó. Dios lo quiso así.* Es ridículo. No consuela. Dios no tuvo compasión de los que nos quedamos, de los que hoy duermen en una casa vacía de su calor, de un cuerpo familiar al que le falta su alma, de una mujer que de hoy en adelante se acostará en un lecho que huele a muerte.

No estoy segura siquiera de cómo levantarme del sofá en el que he quedado tendida, como un animal herido, con mis críos alrededor. Es noche y la neblina envuelve la casa, traspasa las paredes, serpentea por nuestras habitaciones. Busco fuerzas debajo de los cojines y encuentro un pequeño papel rasgado de un cuaderno de apuntes. Reconozco su letra. Lo despliego. Tengo en mis manos su corazón vivo latiendo con fuerza. *Nunca te olvides de mí.* Mensaje de ultratumba que me levanta el ánimo. *Nunca*, respondo a la espesa neblina y regreso a la tarea de ser mamá.

Uno a uno voy levantando a nuestros hijos del sofá en el que cayeron rendidos para llorar mientras respiraban su olor. Los envuelvo en mis brazos y acompaño a cada uno a su habitación. *Tienes que ser fuerte.* Sonrío ante la ironía que trae esa declaración. Los que me dan la fuerza son mis niños.

Desde el umbral de mi habitación exploro la oscuridad que me espera. No puedo enfrentarla. No puedo ser fuerte, ni por mí ni por nadie. Es mi turno para desmoronarme. Regreso a la sala. Duermo con la luz encendida. Mañana será otro día, pero despertaré al mismo titular: *Rodrigo ha muerto.* Llévame contigo, mi Rodrigo, quiero descansar en paz, quiero que Dios me acoja en su gloria, quiero estar en un mejor lugar.

La alarma suena como todas las madrugadas y ante mi furia por atreverse a hacerse el que nada ha sucedido el despertador termina en la basura.

Regreso al sofá. Hoy nadie irá a clases, a trabajar, a ver a sus amigos. Cierro los ojos y ruego volver a mi sueño con Rodrigo. Solo en el reino del inconsciente todo puede volver a la normalidad. Es maravilloso dormir, abrir la puerta a la única realidad en la que quiero vivir.

Seis meses han pasado. Todos han regresado a lo suyo, excepto por mí. La falta de Rodrigo es la falta de oxígeno, luz y agua para mí. Lo único que me mantiene cuerda son nuestras citas en el mundo de los sueños y las notas que él me dejó por toda la casa.

.

Al año de su partida encuentro una nota que me deja atónita. No se trata de un mensaje de amor o del recuerdo de algo maravilloso que vivimos juntos, sino más bien de una ¿orden? *"No puedo vivir en tu recuerdo para siempre / Déjame partir / Si me dejas ir, los dos seremos libres / Es hora de empezar de nuevo"*.

Quiero aferrarme todavía más. Siento que si no lo tengo cerca, el mundo será un lugar demasiado triste para mí. Quiero quemar ese papel, olvidar que lo leí. Pienso en esas palabras y en mi alma las condeno como una traición a nuestro pacto de amarnos para siempre.

El teléfono arranca a timbrar apenas sacó el encendedor para carbonizar esa misiva. Es una amiga de la chiquititud. Alguien a quien amé con ese amor de para siempre que uno tiene de pequeña. Alguien que me verá como era antes y no como soy hoy.

Una punzada en el dedo me obliga a darle el consentimiento a esa voz del pasado.

Contesto y al otro lado de la línea escucho la voz de mi amiga del colegio, Pachuli Brown, como siempre hecha una loca con su voz rasposa y su mezcla de inglés y español, yendo a mil, como si le fuera necesario soltar todo de una sola, en un salchichón de palabras desconectadas que ni se entienden ni conforman oraciones con sentido. Dentro de todo y a pesar de su desquiciada manera de ser Pachuli me hace sonreír. Solo pensar en su nombre pone una sonrisa en mis labios.

—Belén, Belencita... En Belén con los pastores... Vamos pastores vamos, vamos a Belén... —empieza a canturrear el versito que inventó para mí cuando estábamos en tercero, al poco de conocernos en el patio del recreo. Pachuli se integraba a mi clase a mitad del año escolar y una de las primeras cosas que hizo fue escogerme como su "mejor amiga" (*best friends* fue lo que me dijo al poco de conocernos saltando la soga china. Yo me había caído y ella corrió a levantarme. Conversamos mientras jugábamos y nos reímos mucho. Ese mismo día, al sonar la campana de salida, me dijo esas palabras, que yo entendí perfecto porque en el colegio nos enseñaban inglés). Un simple *Okay* de respuesta inició una amistad que nunca moriría.

—Chuli, Pachuli, Chuliiiiiiiiiiii —respondí con una energía que en verdad no sé de dónde vino. Al fin y al cabo, desde la muerte de Rodrigo solo podía reunir suficiente fuerza como para lo que me tocaba hacer como mamá: el desayuno juntos, las tareas después del colegio y eso era todo. Felizmente los chicos aprendieron rápido que muy poco podían contar conmigo y así fueron derivando sus inquietudes y dramas a sus tíos y sus abuelos.

—Mujer: ¡no sabes cuánto te he extrañado! *Miss you so much* mi Belén preshooosha. Pero ahora lo arreglamos. Te estoy llamando desde el aeropuerto. Mira que he aterrizado y eres la primera que llamo.

—¿Aeropuerto?

—Estoy en Lima, mujer. ¿Todavía vives por La Molina?

Me quedo pensando. Su voz es como una irrupción de alegría en mi mundo gris. Un día soleado tan cerca de mí que casi puedo sentir el calor de los rayos entrando por entre las persianas de mis pestañas.

—¿Belén? ¿Belensh? ¿Belén Pastor: me escuchas? —Pachuli dice mi nombre como si se tratase de la persona más importante del mundo.

El sol brilla en mi habitación convertida desde hace tanto en mausoleo en donde me he enterrado en vida. Reacciono.

—Sí. Me casé, así que ahora mi apellido es Cuevas, pero seguí viviendo en la casa de mis padres. Ellos se mudaron a un depa cerca de aquí.

—Ya. Mándame la dirección por texto. Me voy directo a tu casa.

—¿Cómo?

—Mujer, ¿estás sorda? que allá voy. Estoy molida, eso sí, así que espérame con desayuno y una ducha caliente. *Bye* —dice y cuelga sin dejarme opción para rechazar la invitación que se ha hecho a sí misma para interrumpir mis días de desolación. Siempre fue mandona Pachuli. Mandona pero divertida. Tipeo mi dirección y se la envío. Me pregunto qué estará tramando tan temprano en la mañana.

La inminente llegada de Pachuli me obliga a bañarme, arreglarme el cabello, cambiar mi ropa de entrecasa por algo menos deprimente y hasta ponerme maquillaje. También me fuerza a salir de mi habitación, abrir las cortinas de la sala y encontrarme cara a cara con el verde del jardín y el rojo de mis rosas. Mientras espero a mi amiga, me siento como una marciana que acaba de aterrizar en el planeta Tierra y está absorbiendo lo que le rodea por primera vez en su vida.

Es bueno que Pachuli se demore. Me da tiempo a acostumbrarme a no odiar tanto la idea de salir de mi tristeza.

La hora del desayuno pasa y llega la del almuerzo. Casi tres horas después de esa llamada inesperada, mi amiga aparece. Llega con una maleta de un verde limón tan chillón como su personalidad y un pionono de manjarblanco de la San Antonio. Me abraza con una efusividad que me desarma. Sin esperar a que salga palabra alguna de mi boca se deja pasar y como un ciclón va tomando posesión de la escena al ir dejando sus cosas por todos lados y hasta acomodando el pionono sobre un plato de servir que saca de un gabinete de la cocina luego de buscar por todos lados y dejar todo abierto. Me siento sobrecogida pero igual permito que Pachuli termine con la operación y coloque el postre sobre la mesa lista para el almuerzo. Recién allí mi amiga sale de su ensimismamiento y voltea a preguntar:

—Todavía te gusta el pionono, ¿no?

Hago un gesto de afirmación con la cabeza. Quiero decirle algo, pero las palabras no salen. Las emociones me abrazan tan fuerte que no puedo pasar de tratar de mantener las lágrimas de brotar gruesas y salirse con desfachatez. No quiero que eso sea su primera impresión de mí. Comando a mis lagrimales a rendirse, a no hacer un espectáculo. No quiero que Pachuli se asuste.

—¡Por supuesto! —consigo por fin contestar. Siento que el aire puro invade mis pulmones, mis emociones se relajan, los lagrimales dejan de prepararse para delatarme—. Siéntate, estoy feliz de verte —le digo tomándola por los hombros y acomodándola en la silla más cercana a la mía frente a la mesa.

Pachuli me mira como explorándome mientras se acomoda. Mete su pierna izquierda bajo la derecha. Empieza a tamborilear sus dedos sobre la copa de agua. La reconozco en esos hábitos tan suyos y sonrío: mi amiga de la infancia y juventud está frente a mí, ha llegado en el momento preciso.

Hablamos tonterías mientras almorzamos. *Qué rica está la causa. Extrañaba una buena palta. Sírvete más lomo saltado, todavía es tu favorito, ¿no?*

—¿Vamos a hablarnos como desconocidas todo el día? —dice por fin Pachuli sirviéndose una tajada del pionono.

La miro con desconcierto, como si no supiera de qué habla.

—He venido porque me he enterado de lo de tu esposo. Ya sé que estoy un poco tarde, pero si hubiera sabido antes, te aseguro que aquí me tenías el mismo día que te enteraste de su diagnóstico —dice y me agarra la mano.

Siento su calidez, su necesidad de atenderme, y me desmorono, las lágrimas que tanto guardé empiezan a salir gruesas. No sé por dónde empezar. No puedo hablar. El llanto se suelta en gemidos. Ella se levanta y me abraza, pasa sus manos por mis cabellos, me arrulla con un cantico que reconozco de nuestras épocas de amigas inseparables.

—Ya, ya —me dice—. Estoy aquí, mi Belén. Me lo puedes contar todo. No te comas nada, que eso no es bueno.

—Es que estoy en un hoyo —le contesto—. No puedo salir. Tal vez no quiero salir. Todo lo que era se fue con él y no he podido levantar cabeza. De solo pensar en todo lo que sucedió, en todo lo que perdí, me estoy volviendo loca.

—A ver: tú misma lo acabas de decir…

—¿Qué?

—Que no es que no puedas salir sino que no quieres salir… Eso es clave —me asegura mientras me entrega una servilleta.

Hago una pausa para tratar de limpiarme el rostro. Miro el reloj y me doy cuenta de que los chicos están por llegar del colegio y no quiero que me encuentren así. Si hay algo que no he permitido en todo este tiempo es que me vean en mis peores momentos. Sería mucho para mis hijos tratar de hacerme sentir mejor cuando ellos también están sufriendo.

—Déjame ir al baño a limpiarme —le digo a mi amiga mientras me levanto de la mesa—. Mis hijos están por llegar en cualquier momento y no quiero que me vean así.

Como un vendaval los mellizos en estampida se agolpan en el umbral al abrir de la puerta, es el anuncio de una nueva estación en mi día, una cargada de ¿esperanza? La luz de su llegada es sucedida del olor a sudor emanando de sus cuerpos agotados por los rituales de fin de clase. Sus ruidos de enjambre hambrienta se apoderan de la estancia tocando todo, dejando vibraciones de caudalosa energía que momentáneamente llenan mis tanques de preciadas reservas de amor. Abrazo con ternura a cada uno y luego de besar las perladas frentes los dejo correr a la cocina, en donde ya un festín los espera.

Celebran los platillos y sobre todo el postre, intercalando entre bocados historias superlativas acerca de las partes más interesantes de las aventuras del día.

Observo a mi amiga escrudiñando sus rostros, buscando en ellos al fantasma de nuestra juventud.

Satisfecha, me dice:

—Debe ser increíble verse en el rostro de alguien…

—Y ver a tu marido muerto en sus gestos, en su manera de hablar, en su risa… —susurro.

Pachuli entiende. Voltea hacia mí, me mira con esa mirada que siempre me hace sentir calmada, sin importar qué tan tensa puedo estar, y me abraza. Me apachurra, más bien.

—Tienes mucho por que vivir —me dice al oído y pasa su mano huesuda por mi cabello—. Tal vez no lo entiendas, pero en este momento te envidio.

Me suelto de un tirón. Me siento mortificada por sus palabras. ¿Cómo se atreve? ¡Desaparece de mi vida y, sin saber nada, ni entender un carajo, reaparece y dice tamaña sandez!

—¿Mi situación? ¿Envidias mi situación? Siempre te ha gustado lo dramático, pero esto es estúpido.

Pachuli me vuelve a abrazar. No le choca mi respuesta ni mi frustración.

—Envidio que hayas encontrado amor de verdad. Envidio que tengas unos hijos tan hermosos. Envidio que pudiste vivir lo que muy pocos pueden. Envidio que tus recuerdos estén llenos de felicidad. ¿No te das cuenta? Lo que tú y Rodrigo tuvieron muy pocos pueden tener… No envidio que seas viuda o que hayas perdido al amor de tu vida… si no que pudiste apreciar por muchísimos años lo que tantos no vivimos en una vida entera…

Las palabras de Pachuli me toman por sorpresa. Se convierten en una cachetada que me obliga a despertar, a mirar a mi alrededor y en las profundidades de mi alma. Descubro que he invertido demasiado tiempo pensando en lo que no tengo y ninguno en celebrar el legado de Rodrigo en mi vida. La vergüenza de la ingratitud me invade.

En los siguientes días Pachuli me abre los ojos aún más. Me cuenta de su vida. De su salida intempestiva de Lima (y de mi vida sin siquiera despedirse) debido a una situación familiar que no me revela. De sus tres matrimonios fallidos. De su carrera como educadora («vaya antítesis contradictoria a lo que fue de mi vida personal», recalca una y otra vez), y su camino de asistente de profesor a decana de la facultad de Humanidades en una excelente universidad en Florida.

—Lo único que hice bien fue la parte profesional —me comenta con melancolía una noche mientras decantamos las últimas copas de una costosa botella de vino que Rodrigo y yo guardamos durante años para una ocasión especial que nunca apareció mientras disfrutamos del calor de la chimenea en el patio bajo una noche estrellada—. No me tomes a mal, estuve locamente enamorada de cada uno de mis maridos, pero creo que mi verdadero amor siempre fue mi profesión —dice mientras se acomoda el chal sobre los hombros—. ¿Y tú?

—Y yo… ¿qué?

—Aparte de Rodrigo y tus hijos… ¿qué estudiaste?

Sonrío ante la impertinencia de la pregunta. ¿En qué momento se supone que iba a estudiar una carrera? Y si hubiese estudiado, ¿cómo iba a ejercer? Si yo hacía todo eso, ¿quién se ocupaba de la casa? Tenía que perdonar a Pachuli. Sus valores e ideales estaban de cabeza, pero no era su culpa porque ella nunca conoció el amor verdadero o lo que es una familia que te necesita para todo y a la que le quieres dar tu vida entera.

—No estudié nada —contesto y hago un gesto de soberbia, no quiero sentirme menos por no haber tenido el mismo recorrido profesional que ella.

Pachuli me ofrece una amplia sonrisa. Pero no es de burla o desprecio, es de maquinación. Reconozco ese gesto. Es el que precede a sus torbellinos. Es el clic que arranca sus exagerados motores.

—*Okay...* Pero qué te hubiera gustado estudiar... si hubieras podido hacerlo, digo —indaga.

La idea me sacude por completo. Me estremece en lo más íntimo. Nunca siquiera pasó por mi mente la imagen de mí atendiendo clases en la universidad. Me siento sobresaltada por esa carencia de ambición. Por primera vez en mi vida me cuestiono aquel vacío en mi hoja de vida. Dispuesta siempre a tomar el rol asignado por mis padres, por mi marido, por mis hijos, por la sociedad, el deseo de valorar una carrera nunca fue sembrado en mi corazón.

—No lo sé... —contesto entre tímida y frustrada. Debería haber algo que me llame, que estimule mi curiosidad, que anime la aspiración por un objetivo fuera de los dictados; pero a simple vista no lo puedo encontrar.

Pachuli me toma la mano. Acaricia mis dedos, deteniéndose para presionar en cada una de mis falanges antes de pasar a la otra. Otro truco que siempre usaba cuando me veía perdida. Decía que servía para enfocarse. Y yo le creía.

—¿Te acuerdas de cuando éramos chicas y tenías una clínica para tus muñecas?

Hago un gesto afirmativo. Tomo un sorbo del vino. La miro a través del cristal. Debería verla deformada pero aparece clarísima. Creo que puedo adivinar lo que va a decir. Recuerdo que Pachuli siempre lograba poner en palabras todo lo que yo pensaba. Y entonces lo dice:

—Te gustaba jugar al médico loco —empieza a rememorar.

—Médico que investiga —la corto.

—¡Eso! El médico que tiene que diagnosticar la enfermedad… y tus muñecas siempre tenían…

—Chanchopatitis

—¡Eso! Chanchopatitis.

No entiendo a dónde está tratando de llevarme con ese cuento antiguo.

—¿Y qué diablos era la famosa chanchopatitis? —pregunta empezando a reír.

—¡Y yo qué sé! Suena a enfermedad, ¿no?

—Pues yo creo que las muñecas con chanchopatitis son la clave —propone enigmática y dejando la copa sobre la mesa se levanta y se va zigzagueando hacia dentro de la casa.

Al día siguiente la espero con el desayuno servido y las muñecas que murieron de chanchopatitis desenterradas y sobre la mesa. La verdad que tienen una pinta espantosa; años de estar enterradas en el jardín de la casa luego de pasar sus últimas semanas con síntomas visibles, unas bolas de diferentes colores pintadas a mano por mí en todo el cuerpo, además de las manchas de musgo y tierra mojada descascarando el plástico y manchando el pelo y los ojos, les da un verdadero aspecto de muerte.

Pachuli se detiene al verlas, impresionada por lo que tiene frente a sí. Arquea la ceja sin decir palabra. Levanta una de las muñecas, es María Novair, una de unos veintitantos años, en plástico barato de la época de la dictadura, muestra rajaduras en sus piernas y sus brazos rechonchos, sus ojos pintados han perdido el lustre de la tinta ahora agrietada, el cabello de un artificial negro brillante se deshilacha entre sus dedos. Los estornudos alérgicos no tardan en aparecer.

—¡Me había olvidado de este temita! —dice mientras se limpia la nariz.

—Y eso que estamos lejos del mar —contesto pasándole una servilleta.

Pachuli suelta a la muñeca cuando otro ataque de estornudos le hace convulsionar el cuerpo entero.

Nos reímos. Por un segundo me veo como antes, absuelta del dolor, libre del sufrimiento, emancipada de estas cuatro paredes en donde por meses me he visto desde lejos, viviendo una vida sin vida, anhelando la visita fría de la muerte.

—¿Chanchopatitis? —dice explorando con sus dedos las marcas de la misteriosa enfermedad que se llevó de pleno a todas mis muñecas.

—Así es —contesto. Nuestras miradas se encuentran. Su calor va penetrando en mi espíritu, deshelando las emociones. Cómo quisiera que Pachuli tuviese el poder de volverme a la vida en un dos por tres. No lo tiene, pero sí posee la convicción de saber cómo liberarme del desconsuelo en donde me encuentro enterrada. Esta conversación, por estúpida que parezca, me está haciendo muchísimo bien.

—¿Y por qué están las muñecas aquí? ¿De dónde salieron?

—Buena pregunta… —susurro. Yo tampoco tengo la más mínima…

—Parecen recién salidas del huerto… —contesta.

—Ah sí, claro, es que las he desenterrado del jardín… pero en verdad no sé por qué me entraron los deseos de hacerlo o por qué quiero mostrártelas…

—¡Sabía que dentro de todo eras una morbosa!

—No creo que sea eso…

—Entonces, ¿qué?

—Lo que hablamos ayer, ¿ya no te acuerdas?

—¡Ay! ¡Claro! Hablamos de profesiones… y lo de la clínica de muñecas… y…

—Chanchopatitis.

—¡Eso! El médico loco…

—Bueno, aquí tienes lo que querías ver. Me acordé que dijiste que esto sería la clave.

Pachuli hace un gesto de sorpresa, como si no se acordara mucho de lo que hablamos anoche o no hubiese tomado en serio nuestra conversación. Suspiro. Recuerdo su afición por cambiar de rumbo a mitad de las oraciones, su mente divagadora, explorando a veces sin ton ni son. Tengo que armarme de paciencia cuando camino dentro del laberinto de su cerebro.

Sirvo el café para las dos. Guardo las muñecas en una bolsa de plástico y las pongo en la alacena. Nos sentamos en silencio. La emoción me abraza. *Soy una idiota*, me digo. *Realmente ni sé qué intentaba decir con este espectáculo*. Pachuli regresa a la conversación anterior.

—Bueno… tal vez que quieres ser médico…

—¿Yo? —le pongo cara de asombro pero por dentro le agradezco que no le eche leña a mis emociones negativas.

—Bueno, algo debe de ser… ¿no crees? —Se recuesta en la silla, se lleva la taza a los labios, tamborilea los dedos en la cerámica—. Creo que es un buen momento para conversarte de algo que vine a proponer —dice con seriedad mientras deja la taza sobre la mesa.

—¿Propuesta? —pregunto con ansiedad. Me ha costado tanto llegar a cierto nivel de vida funcional dentro de mi constante noche fúnebre que sus palabras me enfrentan al temor de tener que cambiar.

Pachuli extiende su brazo, acaricia con sus dedos largos y finos los míos. El calor de su seguridad recorre mi cuerpo. Siempre admiré la confianza que ella tenía en sí misma, cuando estaba cerca de mi mejor amiga juraba que todo lo que hacíamos tenía sentido porque ella lo hacía aparecer de esa manera.

—Ya sabes que me fue bien en lo profesional, pero pésimo en los matrimonios. Bueno, que no me fue tan bien al final de cada uno de ellos, porque al inicio… —Me mira y hace un gesto. Imagino que me quiere dejar saber que le fue excelente en lo sexual con cada pareja que tuvo. Pienso en Rodrigo, mi única pareja en toda mi vida, y no me puedo ver con otro hombre. Me da escalofríos de solo pensar en tratar con otro—. La cosa es que yo te adoro, y, como dije, hubiera venido antes de haber sabido…

—Todavía estoy molesta contigo —la corto—. Te perdiste durante los mejores y peores momentos de mi vida.

—Lo sé. Nunca me lo perdonaré, pero estoy aquí ahora… quiero retomar nuestra amistad. Después de mi tercer fracaso me puse a pensar mucho en las relaciones que he tenido en mi vida y concluí que la que más aprecio es la que tuvimos tú y yo —contesta. Me parece sincera y la verdad que no tengo energías para pelear.

—¿Cuál es tu propuesta? —interrumpo. La curiosidad me gana.

Me mira. Quiere medir mi respuesta antes de hacer la pregunta. La comunicación sin palabras que siempre tuvimos parece arrancar de nuevo.

—Quiero que te vengas conmigo a Estados Unidos. Me sobra casa y me falta compañía. Creo que nos haría bien a las dos…

Estoy sorprendida. Gratamente sorprendida. Recuerdo las palabras de Rodrigo en su último mensaje y de pronto la invitación de Pachuli se me hace perfecta. Aunque de inmediato por mi mente pasan todas las razones por las que no debería viajar al extranjero. Los chicos. Las obligaciones. El qué dirán. Pero luego pienso en lo que he hecho con mis días desde que Rodrigo se fue y no puedo encontrar una sola cosa que pueda llamar productiva. Con las justas existo.

Sin darle vueltas o elucubrar siquiera cómo haré funcionar ser mamá a la distancia, por primera vez en mucho tiempo me adentro en la posibilidad. De la mano de Pachuli puedo lograr regresar a ser mí misma, o al menos una versión similar a lo que era antes de que la enfermedad de mi marido me hiciera añicos.

Afirmo con mi cabeza. Nos abrazamos.

Organizamos el viaje con rapidez. Ninguna de las dos quiere esperar a que aparezca un cambio de parecer, una excusa o cien que me haga quedarme en Lima. Me siento como en el primer día de kínder, la ceremonia de graduación, la noche que me casé y la madrugada en que nacieron mis mellizos, todo en uno. Es una alegría que me hace llorar. Una tristeza que me hace reír. La esperanza de lo nuevo, la ansiedad de despedirse, el suspenso de lo desconocido, la ilusión de encontrarme luego de haber estado perdida por tanto tiempo.

Éramos chiquillas la última vez que compartimos, ¿son estas amistades tan profundas que pueden alcanzarnos, casi inalteradas, al otro lado de crecer como mujeres por caminos tan distintos? Estoy a punto de enterarme.

El viaje es como un sueño de esos en donde sientes que quisieras quedarte. Luego de vencer mis miedos y dejarlos sentados en la sala de embarque, me dedico a disfrutar como una criatura que ve algo diferente por primera vez. Despegar me es difícil, la sensación de volar es en sí mareante. Pronto me acostumbro a un paisaje conformado básicamente por nubes acolchadas de un blanco resplandeciente. Por un segundo pienso en Rodrigo, en lo orgulloso que estaría de mí, en las veces que me rogó sobreponerme a este miedo para poder viajar juntos a lugares tan lejanos que sientes que te fuiste a Marte y que no puedes respirar de la emoción. Escucho a la gente quejarse del servicio, de lo malo que se ha puesto, pero a mí me parece impecable. Me imagino que todo depende de la percepción, de cómo integras la vivencia de acuerdo con otras experiencias... y como yo no tengo ningún punto de comparación con respecto a vuelos internacionales, todo me parece excelente. ¡Bienaventurados son los niños, porque a ellos todo les parece una maravilla!

Al aterrizar en la Florida todos mis sentidos parecen agudizarse, explotar de la alegría, captar hasta el más mínimo detalle de todo lo que me toca y me roza y me enciende las papilas en todo el cuerpo, como si toda yo fuese un receptor sensorial. El frío del aire acondicionado me sorprende en la terminal cargada de un aliento humano que es una mezcla entre el olor del plástico recién desempacado y sudor de días. Mientras los pasajeros se quejan de las actividades varias necesarias para pasar migraciones, control aduanero, recogida de maletas, a mí todo me parece un juego de estaciones en donde en cada puesto vas ganando tu entrada al país. Sonrío tanto durante el proceso que los que me rodean empiezan a evitarme, no vaya a ser que sea una loca terrorista. Al salir, el calor me abraza primero y luego se asienta sobre mí, estrujando, estrechando, enrollándose hasta ceñirme por completo y succionar el aire que intento respirar de la nube gruesa que se ha posado sobre todos los que con pasos cada vez más ralentizados intentamos llegar hasta el estacionamiento, varias cuadras más allá. Exhalo al ingresar al automóvil y sentir la brusca manotada del manufacturado viento gélido llenando de vida la cabina hasta revivirnos de la somnolencia causada por el denso aire caliente de la calle. La radio nos recibe con una canción de la época del colegio. En poco tiempo estamos en la carretera, comiendo comida chatarra y cantando a voz en cuello. ¡Hace tiempo que no me sentía tan viva!

Pachuli vive en una de esas urbanizaciones cerradas en una zona preciosa. Un perímetro enrejado hace su aparición en medio de un bosque de árboles. A la entrada, un letrero elegante seguido de la caseta de guardianía. Nos detenemos por un instante, el portero saluda gentil, toma nota del automóvil, luego le hace un gesto a un segundo hombre, quien desde su puesto abre el portón con un remoto.

Nos despedimos con la mano mientras continuamos en un sendero de una vía. Luego de unas cuadras entre arboledas entrelazadas, el camino se agranda para mostrar la urbanización en toda su majestad. Casas ostentosas con metros sobre metros de verde separación desfilan ante nuestros ojos. Personal de jardinería haciéndose cargo de mantener los cespedes, flores, árboles y arbustos en perfectas condiciones pulula a esas horas. Pachuli me narra lo que vamos viendo.

Por fin llegamos a lo que parece ser una calle sin salida. Pachuli avanza a la casa del centro, detiene el carro. Bajamos en silencio. Me doy cuenta del paso que estoy tomando, lo quiero internalizar. Las llaves tintinean. Cruzamos el umbral de la casa. Desde el inicio puedo sentir la soledad en los pisos de mármol y las decoradas paredes de la casona. El eco de vivir sola resuena al cerrar la inmensa puerta de madera detrás de nosotras. Me digo que puedo regresarme si no me gusta, si no me llevo con esta mujer en sus treintas quien por años de mi vida llevó la banderola de "mejor amiga". Entro en pánico de solo pensarlo, pero me apaciguo con la misma rapidez. Decido vivir la experiencia, ver hasta dónde puedo llegar.

—Bienvenida a tu casa —Pachuli dice dejando las llaves sobre la mesa de la cocina—. Verás que la vamos a pasar fenomenal. ¡El cambio de escenografía te va a hacer tanto bien! —se entusiasma mientras busca una botella de vino y el descorchador. Yo apenas si sonrío, sigo sus movimientos con los ojos. A ratos siento que me falta el aire, que no podré sobrevivir. Pero de inmediato el corazón se me acelera con anticipación. Mi personalidad y la de Pachuli habitan en mí al mismo tiempo… esa sensación la reconozco: es como antes…

Pachuli sirve las copas. Me hace un gesto para que recoja la mía y la siga. Caminamos hasta un saloncito pequeño con ventanales que dejan entrar mucha luz, el *sun room* lo llama ella, nos sentamos en unos sillones mullidos. Tomo un sorbo del tinto, cierro los ojos, dejo que el sol me bese en los párpados, que me recorra los brazos pálidos de tanto estar en una casa cerrada por el luto eterno, que las sombras avancen sobre mi cabello mientras el alcohol hace su efecto relajador.

Me sorprende que sea día de semana y mi amiga no tenga que trabajar. Aunque la verdad nada debería sorprenderme con Pachuli. Estoy segura de que todo está cuidadosamente planeado; la conozco bien: en algún lugar insondable de su personalidad lindante con la excentricidad siempre ha tenido una buena cabeza para los planes complejos con resultados a largo plazo. Lo único que requiere de mí es dejarme llevar.

—Brindo por nuestra amistad y porque justo te hayas aparecido cuando más te necesitaba —digo levantando mi copa casi vacía mientras me chorreo del sillón al suelo.

Pachuli me imita. Descorcha la segunda botella y la sirve. La cabeza me da vueltas pero me siento cómoda en su compañía.

—¿Qué es lo que más extrañas de Rodrigo? —me pregunta de pronto.

—Me has agarrado por sorpresa —noto que las palabras no están llegando de mi cerebro a mi lengua tan rápido como quisiera. Me levanto y me siento lo más erguida posible, como si eso fuese a ayudar con mi dicción—. Todo... to... do... todo —digo y empiezo a reír porque sé que he ofrecido una respuesta tan vaga como los pensamientos que ahora rehúsan formarse en mi mente.

Los recuerdos cojean ebrios por entre mis pupilas al abrir los ojos. ¡Vaya resaca la que cargo! Las preguntas racionales no demoran en aparecer. ¿En qué momento llegué a este cuarto? ¿Cuándo me cambié? ¿Me metí yo sola a la cama? ¿Y Pachuli? Si ella me acostó a mí, ¿quién la acostó a ella? ¿Y este gato que me mira receloso desde la cómoda? Me duele la cabeza.

Miro el reloj en la mesa de noche. ¡Mediodía! Primera vez en tanto tiempo que me paso de largo. Salto de la cama y abro las pesadas cortinas. El cuarto se llena de luz. Empiezo a dar vueltas en la habitación tratando de encontrar mi centro, entonces veo una nota en el suelo. Seguro que el gato la tiró mientras se extendía sobre el mueble.

"Me fui al trabajo. Te vengo a buscar en la tarde. Pachuli".

El silencio es abrumante. Enciendo la radio para que me haga compañía. Me preocupa no haber llamado en la mañana para ver cómo están mis hijos, ahora tendré que esperar a que regresen del colegio.

Las horas se hacen un poco largas mientras me preparo para salir en la tarde. No sé ni qué ponerme, pero al final opto por algo informal, *jeans* y una blusa de manga corta.

Cuando Pachuli me pasa a buscar, me encuentra tomando café en las gradas frente a la casa. Subo al carro y nos vamos. En el camino me pregunta cómo desperté y entonces me acuerdo de la hora y de llamar a Lima.

Mi hermano, que se ha quedado a cargo de los chicos, contesta. Me los pone en el teléfono y uno por uno confirmo que todo está bien.

—Mi hermano me ha dicho que está emocionado por mí —le cuento a Pachuli cuando cuelgo.

—¿Y por qué? —pregunta.

—Por venir contigo a Estados Unidos —contesto—. Por dar el primer paso.

Mi amiga sonríe y me da una palmadita en la pierna.

—¿Ya ves? Todo va a salir de maravillas, ya lo verás. Esta visita te hará todo el bien del mundo —contesta mientras estaciona en su parqueo asignado.

La caminata desde el estacionamiento a la oficina de Pachuli sirve para ponerle atención a las instalaciones de la universidad donde trabaja mi amiga. Mientras caminamos por una vereda serpentina entre hileras de palmeras igual de rectas y grama de un verde resplandeciente, el calor abraza de tanto en tanto, penetrando radiante por entre las pestañas, deteniéndose sobre la punta de la nariz, bajando por el mentón hasta el escote, en donde unas cuantas gotas de sudor se forman y ruedan hacia el ombligo, perdiéndose en la línea del bikini. El campus es inmenso, maravilloso, con edificios modernos rodeados de construcciones antiguas. Avanzamos de a pocos ya que mi amiga, convertida en ese momento en decana de la facultad de Humanidades, va deteniéndose de tanto en tanto con alumnos y profesores. Y yo, a su lado, sonrío y me siento importante por el solo hecho de ser su amiga. Todos parecen tan contentos de obtener su atención siquiera por unos segundos. ¡Es como si estuviera caminando junto a una súper estrella! Quién hubiera pensado que mi amiga de la infancia terminaría teniendo un puesto tan formal en donde sería tan querida. Estoy feliz por ella. Es como si toda esa alegría que le trae el trabajo estuviera pasando como ondas eléctricas a través de ella y hacia mí. Me imagino que no siempre es así, pero doy las gracias por poder estar en uno de esos días especiales en donde Pachuli es apreciada.

La miro, pienso en todo lo que un ser humano puede hacer cuando se atreve. Camino cavilando acerca de esas ideas grandes. ¡Qué diferentes han sido nuestros trayectos! ¿Tendré la esperanza de volver a vivir?

Alcanzamos la entrada de un edificio imponente. No me he dado cuenta de cuándo llegamos hasta allí. Perderme en mis adentros es una cosa que me pasa con frecuencia. Pachuli se acerca a mí, me pasa el brazo por el cuello.

—Esta es mi casita —dice con orgullo—. Y ahora te toca disfrutarla a ti también. Vamos, que todavía tengo mucho que mostrarte.

La puerta de vidrio se abre sin siquiera hacer un ruido e ingresamos a la recepción. Ella saluda, me presenta, me hace firmar en un papel para que me den un permiso de visitante. El sonido de nuestros pasos sobre el piso de mármol va haciendo eco y yo siento que mi corazón se despierta de un gran letargo. Una sonrisa asoma. Estar con ella me hace sentir valiente, dispuesta a vivir.

Su oficina se encuentra al final del pasillo, luego de pasar por otra área de recepción en donde sus súbditos trabajan incesantemente. Al verla entrar se detienen para saludar. Una señora de mediana edad se acerca para ofrecerle un café, unas carpetas con papeles y las novedades de la tarde. Siento orgullo por ella.

Por fin entramos y luego de cerrar la puerta me sonríe y me ofrece asiento.

—Guao, no sabía que eras tan importante —le digo—. Es como si fueras una reina. Todos quieren estar cerca de ti.

—Vienes en un día tranquilo —me contesta mientras lee unos papeles que ha encontrado sobre su escritorio—. A veces, todos me odian.

—No te creo —contesto.

—En serio… No todos los días tomas decisiones con las que los alumnos o los profesores estén de acuerdo. En ocasiones te toca jugar el papel de mala…

—Bueno, entonces me alegra haber visto lo positivo.

—¿Quieres ver las clases? —me pregunta.

—¿Cómo que las clases? —respondo.

—Podemos sentarnos en cualquier clase. Lo que te provoque.

—Pues, no sé qué me podría provocar. La verdad, nunca he estado en un campus… Bueno, sí, para graduaciones… pero ni sé nada de estas cosas, de qué enseñan aquí, y menos de qué me podría interesar —contesto mientras me siento como una tonta que no ha hecho nada con su vida.

—Tranquila. No quiero ser una pesada contigo. Miramos el catálogo más tarde y capaz puedes encontrar algo que te llame —me dice al darse cuenta de lo avergonzada que se me ve. Para que me olvide del mal momento, se sienta frente a su escritorio, levanta el teléfono y empieza a hacer llamadas mientras me pone caras, me hace muecas y me tira bolitas de papel ensalivadas usando una cañita plástica que ha sacado del basurero. Otra vez logra que me enfoque en los recuerdos bonitos de cuando jugábamos así en la clase de geometría con ese profesor apestoso que se sacaba la cerilla de los oídos, hacía unas tiritas con los dedos, se las llevaba a la nariz para olerlas y luego las aplastaba en el borde de la tiza que los alumnos usaríamos en el pizarrón. Las risas entrecortadas por los gigantescos hipos de Pachuli regresan hasta mí y pronto toda negatividad se escurre por entre los cantos de mi blusa.

—Es que nunca se me ha ocurrido que yo debería… más bien, que podría… estudiar en una universidad… pero, tal vez… Digo, por qué no… —trato de explicarme frente a mi amiga y al mismo tiempo convencerme de estudiar algo.

—¡Así se habla! —interrumpe Pachuli, quien saltando de su vetusto asiento y tomando el catálogo de clases se sienta frente a mí, abriéndolo—. Regresemos a la conversación del otro día —continúa mientras empieza a pasar páginas en el directorio—. A ti te gustan las cosas médicas y te gusta la investigación de misterios… —dice, me mira y cuando le confirmo con un movimiento afirmativo de la cabeza, regresa al libraco haciendo unos ruidos que parecen mugidos o pujidos con silenciador hasta que encuentra algo y me lo muestra—. Esto —dice señalando una fotografía que me cuesta descifrar más allá de algo en un laboratorio.

—¿Qué? —pregunto entusiasmada por el prospecto de hacer algo que me saque fuera de mi normalidad.

—¡Médico Forense! —contesta como si se tratase de algo tan obvio que yo ya debería estar enterada.

A mí me da un ataque de risa nerviosa.

—¿Qué? —inquiere Pachuli. Cuando una idea se le mete, es casi imposible sacársela.

—Que… primero, es médico. Y segundo… ¡forense! He venido de visita, no para quedarme; y menos para trabajar con muertitos. ¡Tú estás de remate!

—¡Que no! Tú puedes hacer lo que se te venga en gana con tu vida. Y si quieres ser médico forense, pues lo eres. ¡Estudias los siete años que toma y ya! —replica mirándome como si la que no entiende soy yo. Le sostengo la mirada. Se sorprende al verme tan obstinada como ella. Duramos un rato frente a frente, sin pestañear, hasta que Pachuli me muestra la cañita y empieza a alistar la bola de papel para tirármela. Al ver su cara tan seria empiezo a reír y ella pronto se une a mis carcajadas.

—Bueno, tal vez no médico forense, pero algo en alguna rama de la medicina…

—Tal vez —le doy la razón pensando que es para congraciarme con ella, pero luego me doy cuenta de que a lo mejor Pachuli no está tan equivocada—. Pero empecemos por un objetivo que sea alcanzable —añado.

—Conductor de ambulancias —dice.

—Algo así —contesto.

De regreso a casa Pachuli decide que no estamos cansadas y que deberíamos pasar por donde unos amigos para que me conozcan. Yo, la verdad, estoy molida, pero al mismo tiempo deseo tanto disfrutar de todo lo que mi amiga me ofrezca que le sigo la cuerda y no le doy pelea. Al contrario, celebro su idea, aunque siento que no estoy vestida para la ocasión y que hubiese preferido ducharme y cambiarme como para salir de noche.

La noche estrellada de cuarto creciente está preciosa, un aire tibio se cuela por todos lados convirtiéndose por momentos en deliciosa brisa de media estación. Nos detenemos frente a una casa de arquitectura española, con techos de tejas, portales en la fachada y terracería roja en los pisos de la entrada. Un árbol de buganvilia con flores rojas embellece el extenso jardín del frente. Caminamos en el adoquinado desde la calle hasta el portón de madera tallada. Pachuli silba una canción conocida y aunque no recuerdo el nombre la melodía al instante me hace suspirar: alguna vez la bailé con Rodrigo.

Dos hombres tomados de la mano abren la puerta. Cinco horas de vuelo y ya estoy mundos aparte con Lima. Quiero ser una liberada pero la verdad es que no sé cómo reaccionar porque nunca me he encontrado en esta situación. Como si me leyera la mente, Pachuli me susurra: «Cierra la boca y compórtate como si esto no te pareciera chocante… porque no lo es». De inmediato hago lo que me indica y la extraña sensación de no saber qué hacer desaparece. Al momento de pasar a la casa ya veo a sus amigos como una pareja normal y corriente. *Toda experiencia es buena. Toda experiencia en donde aprenda algo nuevo, buenísima*, me digo. Mis sentidos se agudizan. Estoy lista para recibir todo lo nuevo que la velada me va a traer.

Calvin y Klein son peruanos reinventados. Klein es gay desde el útero, según él. Su mamá lo bautizó con un nombre bien español, bien de hombre y bien serio: Carlos Emiliano Sanborja. De eso no quedaba nada más que cuatro letras que utilizó para recordarse a sí mismo siquiera un poco con ese nombre nuevo que parecía sentarle mejor con su nueva vida: Klein, *gay* Klein, Miami Klein, *power* Klein, multifacético Klein, cosmopolita Klein, mi nuevo amigo Klein.

Calvin, en cambio, despreció su cuerpo femenino desde el primer instante en que se supo parte de ese género. Nunca aceptó los vestidos que su madre le compró, ni las blusas, ni las decoraciones para el cabello, ni los adornos que le hacían sentir como si fuese un maniquí de un plástico inflexible ornamentado con adefesios inservibles. Los chicos le atrajeron desde el inicio, pero no como enamorados, si no como fuente de envidia, pues desde que pudo identificarlo, Calvin entendió que la asignación de su sexo era la equivocada: que ella era él. Y apenas pudo, se largó de su casa en Pueblo Libre sin dar una sola explicación, llegó a Estados Unidos, aprendió acerca de lo que lo "aquejaba" y por primera vez en su vida concibió que aquella equivocación podía ser rectificada.

Apenas Calvin me ofrece un trago multicolor en un vaso alto decorado con cáscara de naranja que rueda del borde hacia afuera, me siento bienvenida.

—¿Qué es? —pregunto asumiendo que es un cóctel *gay* dado los colores del arcoíris.

—Es un Machu Picchu —contesta sorprendido.

—Pachu, que me la has sacado de debajo de una roca a esta niña o qué —añade Klein al tiempo que nos invita a sentarnos en una sala que tiene una chimenea encendida a pesar de que no hay ni pizca de frío—. A ver hijita: este es trago peruano con pisco acholado, jugo de naranja, granadina… y otros sabores para darle los colores de la bandera del Tahuantinsuyo —me instruye mientras yo saboreo las capas de deliciosa peruanidad en el vaso que baja de nivel con rapidez.

Sonrío sin decir nada. Es verdad que he estado fuera de la vida por demasiado tiempo, pero estar sentada allí demuestra que por lo menos tengo la intención de cambiar de curso, de aprender algo todos los días, de abrirme a nuevas experiencias y darle lo mejor de mí a lo que cada segundo me presente. Rodrigo hubiese querido eso.

Veo que los tres se desternillan de la risa y me doy cuenta de lo desconectada que estoy de la conversación. Ellos ya han pasado de los nombres de tragos a encender un pito de marihuana. El humo llena la habitación, desciende hasta mis pulmones, cosquillea mi mente, relaja mi cuerpo, mis pensamientos se cuelan en cámara lenta hasta mis ojos, se reflejan en el fuego de la chimenea, danzando en naranja y azul mientras yo me desparramo entre Klein y Pachuli, quien acaricia con ternura mi nuca, haciéndome sentir viva después de tanto tiempo sabiéndome en estado catatónico, tal vez hasta peor que muerta.

Klein me saca los zapatos y tomándome los pies me masajea con toque de experto.

—¿Cuánto tiempo que no estás con nadie? —pregunta con una naturalidad que me invita a responder.

—Déjala, que la vas a espantar —Pachuli me defiende.

—No, está bien. Alguien que sabe masajear así de rico se merece una respuesta —me sorprendo respondiendo, creo que la droga me está soltando—. Hace tiempo. No recuerdo la última vez que… —voy a decir algo, hablar de Rodrigo, y me detengo. Tal vez no sea tan buena idea estar dando detalles.

—Ya me aburrí. Y me he acalorado. Vamos a la piscina —invita Klein soltando mis pies para empezar a desnudarse con toda soltura. Quiero tener la reacción "normal", sentirme apabullada por su desfachatez pero me encuentro notándome envidiosa por su falta de inhibición.

—¿Chicas? —pregunta Calvin siguiendo el ejemplo de su novio.

—Mejor nos vamos yendo —responde Pachuli al sentirme tensa por la indecisión.

Me empiezo a levantar para obedecer su comando pero algo instintivo me empuja hacia el patio donde Calvin y Klein disfrutan de la escapada nocturna. Los observo por un instante antes de murmurar:

—Nos quedamos.

Y antes de que Pachuli diga nada, me desnudo y salto al agua.

Los efectos de la marihuana se me pasan apenas me pego la primera zambullida en el agua entibiada por la luz de la luna. Regreso a mis cabales pero siento que algo ha cambiado de manera permanente. Me encuentro tranquila, cómoda, ¿contenta? ¿Puede ser que solo unas horas me hayan transformado de esta manera? ¿O será que cuando entré en la casa de Klein y Calvin estaba ya lista para mudarme del luto, de la eternidad en negrura que siempre pensé sería mi condicionante, mi "pero", mi conveniente excusa para dejar de tratar, dejar de vivir, casi diría dejar de respirar?

Vaya metáfora para mi vida con la luna en cuarto creciente y yo saliendo de este féretro, dejando atrás las rejas del cementerio al que nunca volví, pero donde siempre me supe atrapada, aprendiendo de nuevo a disfrutar de las pequeñas cosas, de todo eso que se volvió invisible para mí desde que Rodrigo se fue.

Siento un sonido fuerte, agua sobre mi cara y a Pachuli riendo cerca. Ha tomado la decisión apenas me ha visto quitarme la ropa y ha saltado segundos después de mí. Rebota en el piso de mayólicas azuladas, escupe el agua que se ha filtrado entre sus labios, se aferra a mi cuello como si yo fuese una boya, me hunde un poco con sus aspavientos.

Cuando por fin salimos a flote, la empujo cerca de las gradas, en el lado con piso de la piscina. Calvin está sentado mirándonos. Klein ha salido a buscar una botella de ron, hielo, limones y Coca-Cola. Nos ponemos a conversar de nuevo, menos fumados pero más filosóficos. Me entero de que Calvin es profesor de ingeniería en la misma universidad donde trabaja Pachuli y que Klein es un científico famoso en el área de inteligencia artificial. Mi admiración hacia ellos se multiplica de manera instantánea.

—A ti hay que conseguirte un amante... ¡o varios! —dice Klein mientras sirve los vasos con la nueva ronda de tragos.

—¡Klein! ¡No seas tan impertinente! —salta Calvin pero de inmediato se une al corillo—: En verdad que sí, Belén, a nadar se aprende nadando.

—Y una vez que has montado una bicicleta no es tan difícil hacerlo de nuevo así fuera que hace tiempo no te hayas montado una —añade Klein con una risilla al darse cuenta del doble sentido de sus palabras.

—*Okay*, pero ¿con quién? —pregunta Pachuli.

—Yo no quiero —digo al ver que van en serio.

—¿No quieres o no puedes? —insiste Klein—. Tienes que empezar en algún sitio, con alguna persona, vamos, que no tienes personalidad de monja...

—Es que así estoy bien... —me quejo.

—Ay media tranquilona nos salió. Despabílate, hijita, ni que fueras a casarte —dice Calvin mientras se mete de nuevo al agua—. ¡Solo es la primera vez después de la primera vez! —chasquea los dedos.

—¡Grosero! —dice Pachuli sin el entusiasmo requerido para esa palabra.

—¿Tienes miedo de que le salga sangre? —bromea Calvin y me mira antes de zambullirse y desaparecer hacia el fondo de la piscina.

—Disculpa si el tema te parece inapropiado para conversar con dos tipos que acabas de conocer… Pero te voy a decir que si piensas que llegará el momento adecuado para tomar esa decisión, estás muy equivocada, mientras más vueltas le des, más difícil se te hará —Klein trata de mejorar el despelote creado por su novio.

Viendo que es la única manera de evitar el cargamontón, accedo a salir con alguien que escogen entre los chicos y Pachuli. Lo único que me dicen acerca de él es que es venezolano. Felizmente la cita por ahora tiene que esperar porque él está de viaje. Chévere.

Pachuli es muy enfocada cuando está dispuesta a conseguir algo. Sea para ella o para alguien más, una vez que se pone un objetivo en mente no lo puede dejar en paz.

Yo soy su meta esta vez.

Yo, liberada.

Yo, transformada.

Yo, entusiasmada.

Yo, mujer entera.

Yo, reconstruida.

Punta a punta unida.

Transfigurada.

Yo misma. Yo otra.

Me dan risa las cosas que se le ocurren a Pachuli, pero se lo agradezco. Yo no sabría hacerlas por mí misma. No se me ocurriría. Tampoco me atrevería. Es lo que siempre me gustó de ella. Pachuli es aventura mientras yo soy remanso. En eso siempre fuimos compatibles. Ella me empuja, me entrega al vacío, me da "permiso" para volar. Siempre he admirado su atrevimiento y ahora siento que es momento de hacer mío ese arrojo, ese gusto por la vida. Rodrigo era quien me daba eso. Con él todo era felicidad porque él todo lo hacía fácil y sublime. Ahora me toca a mí. Soy yo quien tiene que aprender a reconocer los momentos, las oportunidades, las alturas a las que todos tenemos acceso. Me tengo que atrever a vivir, eso es todo. Eso es mucho y eso es nada. Pero si no lo hago ya, estoy segura de que la arena movediza de la depresión en la que me he hundido desde que Rodrigo partió se volverá incluso más miserable, que me tragará entera, hasta que de mí no quede nada.

Pachuli me lleva de paseo, según ella. Pero yo sé que todo lo que hace sirve una finalidad. Su objetivo es rescatarme, así tenga que forzarme. Detiene el carro en una estación de bomberos a la entrada de la universidad. Sonríe misteriosa y me invita a bajarme. De la maletera saca un extintor de fuego. Yo la sigo. Me da curiosidad lo que estará tramando.

Las dos vamos luciendo vestidos veraniegos, *sundresses*, de tela de algodón ligera, casi transparente según lo que el sol quiera, el mío decorado con inocentes motivos marinos, sus orillas cayendo breves sobre los muslos torneados, con varias tiritas por mangas decorativas sobre los extremos de los hombros.

Pachuli se dirige directo hacia un hombre que está vestido con un uniforme de pantalón corto y apretada camisa de popelina. Sin darme cuenta recorro su cuerpo de sur a norte, mientras él abraza generosamente a mi amiga. Que Rodrigo me perdone, pero no puedo evitar mirarlo.

—¿Otro extintor? —pregunta el hombre riendo.

—Es que ya sabes como soy —contesta Pachuli siguiéndole la cuerda.

—Vale —dice él, tomando el aparato de sus manos—. Y tu amiga, ¿quién es? —pregunta mientras le pasa el extintor a otro bombero, uno incluso más espectacular.

—Para eso he venido en verdad —contesta mientras me jala del brazo para acercarme al hombre. Me encanta su olor a sudor macho y colonia mañanera sobrevenida por la rutina del día—. Te quiero presentar a mi amiga Belén. Ella está pensando en una carrera salvando vidas, como tú. Y estaba pensando que tal vez le podrías enseñar algunas cositas… A ver si se termina de animar…

Él me mira. ¿Me mira o me explora? Me gusta esta sensación. Me siento al desnudo. Siento un calor de fogata de campamento después de una buena insolación. Trato de enganchar mi mirada con la suya, pero el azul intenso de sus ojos no me permite terminar de compenetrarme. Todo es demasiado fuerte, demasiado penetrante, demasiado nuevo. Me siento totalmente fuera de mi zona de confort. Con Rodrigo hasta la pasión era apacible, encaminada. Nunca me sentía consumida o perdida, como ahora.

Bajo la mirada. No he podido sortear este primer obstáculo. Pachuli lo sabe y me da un pase esta vez.

—Pues nada, que me preguntaba… nos preguntábamos… si Belén puede venir y conversarte un poco de tu profesión, tal vez si la puedes llevar a verte trabajar, presentarle a otros compañeros, los paramédicos de emergencia o el personal de ambulancias…

—¿Y por qué te gustaría eso, Belén? —pregunta. Es normal lo que me está preguntando, pero yo me quedo rígida, como si me hubiese preguntado cuál es la capital de Bangladesh.

Luego de una incómoda pausa, Pachuli me da un caderazo para despertarme. Él sonríe. ¿Es de rigor derretirse con cualquier hombre que te pongan por delante? Me siento como una boba, una adolescente que nunca ha tenido roce alguno con miembros del sexo opuesto. Escucho esa risita estúpida tratando de escaparse de entre mis labios y la detengo sobre la marcha. Seré una novicia, pero él no necesita saberlo.

—Estoy tratando de decidirme por una carrera y luego de conversar con Pachuli a ella se le ocurrió que tal vez debería ser médico… aunque luego transó por paramédico… ¿o tal vez algún tipo de asistente? —contesto tratando de evitar su mirada. Se me ha metido en el cerebro que si lo miro de frente perderé el control sobre mí misma, o alguna idiotez por el estilo. Eso es lo que me pasa por haber tenido un solo hombre en mi vida desde tan chica: ahora no sé cómo funcionan estas cosas. ¡Es intolerable lo insuficiente que me siento!

—Bueno, mi nombre es Lorenzo Segovia… ¿Y tú eres?

Quiero decirle que yo soy un manojo de nervios pero escojo seguir la fórmula y le respondo:

—Belén Cuevas —hacemos la pausa más larga e incómoda—. ¿Puedes?

—¿Puedo? —me parece que se está burlando. O tal vez se está haciendo de rogar.

—Que si puedes tomarte el tiempo para…

—¿Para…?

No me queda otra que arrojarme de la cima de un cerro. El primero de muchos saltos, conociendo a Pachuli.

—Para enseñarme cómo es esta carrera.

—¡Ah! ¡Eso! —contesta como si no hubiese estado en la conversación, maldito pendejo—. Por supuesto. Necesitamos todo tipo de personas con voluntad de servicio —sonríe y por fin le encuentro un defecto, caninos chuecos. Ya no me veo tan fuera de sitio frente a él—. Vente el próximo miércoles temprano, a las siete de la mañana a más tardar, y podemos conversar. —La alarma suena y él le entrega a Pachuli el extintor de fuego que le trajo para rellenar—. ¡Te veo el miércoles! —se despide mientras empieza a vestirse para salir a un fuego en un almacén.

No sé si aplaudirla o matarla. Entramos al carro y Pachuli pone su cara entre angelito y diablito. Me empuja sin piedad, y a veces demasiado, pero al mismo tiempo sabe exactamente cuándo y cómo hacerlo. Yo necesito ser instigada, espoleada en el trasero como una yegua que no sabe para dónde ir.

—¿No es maravilloso tener una profesión en mente? —dice inocentona mientras me toca el hombro.

—Claaaarooooo —le contesto haciéndome la tonta.

Pachuli sintoniza una estación de música en español y arranca. Yo abro la ventana y dejo entrar la brisa, las caricias del viento me ponen en un estado adormilado, delicioso. No quiero pensar en nada. Una sensación de bienestar recorre mi cuerpo. No he hecho nada, pero siento que he avanzado mucho. A lo lejos escucho las sirenas de un camión de bomberos y me imagino a Lorenzo, hacha en mano, batallando el fuego para salvar a una familia.

—¿Qué haces? —pregunta Pachuli y me saca de mi bobo ensimismamiento.

—¿Qué crees? —respondo un poco fastidiada por estar a punto de ser descubierta soñando tonterías.

—¿Te estás adelantando? —me responde sin titubear.

—Me estoy adelantando —le contesto casi abochornada.

—Has estado fuera de circulación durante mucho tiempo —responde maternal—, es normal que no sepas cómo comportarte, cómo pensar, cómo sentirte incluso.

—Es verdad. Mejor me tomo sólo lo profesional en serio y dejo que Rodrigo me guíe en todo lo otro.

—¿Rodrigo? —contesta apesadumbrada—. ¿Cuánto tiempo hace que no...? —Me mira como diciéndome que ojalá no tuviera que meterse en cosas íntimas. Aunque yo entiendo muy bien a mi amiga, y ella no es la persona más discreta o menos metiche. ¡Qué va! Muerto Rodrigo o no, igual haría esta pregunta.

He dejado la ventana abierta a propósito. El ruido sincopado que hace el viento al entrar proporciona una careta a mis palabras.

—Desde que se enfermó... Bueno, caricias y eso, cariñitos, tocaditas, pero lo que es tocar sinfónicas completas ya no se podía. ¡Y con lo que a mí me gustaba hacerlo con él!

—Y entonces, como que se puede decir que estás virgen de nuevo... ¿ah?

Parte de mí se siente avergonzada, como si fuera mi culpa que el marido se me murió temprano. Parte de mí piensa que nunca podré tener lo que tuve con Rodrigo: romántico, apasionado, caliente y totalmente pecaminoso. Y sin embargo parte de mí siente esperanza de que este reencuentro con mi mejor amiga me haga reaccionar de verdad y me lleve a una especie de resurrección a una nueva vida.

—No te preocupes —dice Pachuli como si supiera lo que estoy pensando—. No eres la primera viuda joven en este mundo. Vamos a ir despacio, *¿okay?* Te vas preparando de a poquitos, haciendo pruebitas, permitiéndote sentir de nuevo en tu corazón, en tu alma, en tu mente, y en tu cuerpo… Si te vas dando permiso para volver a ser como eras antes de esta tragedia, y quizás hasta mejor, ya sabes, por la misma experiencia que ahora tienes, vas a ver que todo vendrá a su tiempo.

—¿Y si no?

—Y si no, por lo menos hay que volver tu vida sexual a un nivel aceptable.

—¿Y cómo harías… cómo haría yo eso?

—Vamos a ver: ¿alguna vez lo has hecho con ayuda?

Me quedó mirándola. En verdad que no sé de qué habla.

—¿Con ayuda de quién?

—¡Lo sabía! —dice riéndose y pasa su mano por mi cabello, como si yo fuese una niña y ella mi madre—. ¿Una manuela? ¿Una pajita solita? No te preocupes, que eso lo arreglamos al toque…

La miro entre irritada y curiosa.

—No entiendo… ¿que yo me masturbe?

—¡Que ahora tienes que aprender a tocar la zambomba! —dice y hace un movimiento colocando su mano entre sus piernas.

De sólo pensarlo me horrorizo.

—Nunca aprendí. No tuve que aprender nada. Rodrigo era el experto y yo disfrutaba de su… pericia… en la cama…

—Es rico hacerlo con un hombre, pero también tiene sus ventajas darte el gusto sin necesitar a nadie —explica como si fuera lo más normal de este mundo—. Te voy a poner al día, ya verás, bien afinadita como cuerda de guitarra lista para tocar todos los acordes.

Espero que no esté pensando en hacerlo conmigo. Mi amiga me encanta, pero no me atrae, ni siquiera para experimentar como maestra y alumna. Y, sin embargo, ¡cómo quisiera tener su entusiasmo con todo!

—Es que no me siento atraída a ti… No, de esa manera —contesto como para frenar cualquier plan que Pachuli esté ideando en su cabecita sin fronteras ni tabúes.

—Y yo te amo, probablemente más de lo que he amado a cualquiera de mis esposos, pero tampoco me acostaría contigo —contesta sin pestañear. Yo me siento aliviada por su respuesta, aunque un poco estúpida por sugerir que eso es lo que ella estaba tratando de hacer.

—¿Entonces?

—Entonces, si no quieres darle al *joystick* con tus deditos bonitos, tendrás que usar una extensión, digamos más "eléctrica".

Miércoles por fin. Me levanto con el alba y es una de las cosas más maravillosas que he visto en mi vida. Me prometo recibir el día con más frecuencia. Me llena de energía y de ganas de que todo lo que voy a aprender con Lorenzo sea ¿productivo?

Pachuli ofrece llevarme a la estación de camino a la universidad pero le digo que prefiero montar una bicicleta que he visto media abandonada en el jardín de la casa. Me contesta que no me olvidé de ponerle aire a las llantas que deben estar desinfladas, y luego de indicarme en donde puedo encontrar la bomba de aire y de hacer un chiste un poco subido de tono, se despide con una carcajada de esas suyas que se quedan flotando en el ambiente por un buen rato.

La promesa del amanecer me recibe con un aire fresco que aflora de todos lados y me envuelve en colores violetas y rosados. Pedaleo disfrutando el olor de la mañana, llenándome de su canción de renacer, de su cosquilleo genuino que va directo al alma. La urbanización se transforma en campo abierto, en naranjales lanzando su cítrico aroma en un rocío que reverdece de esperanza todo lo que toca. Mis sentidos se despiertan sin necesidad de café, absorbiendo la inmensidad del horizonte.

Sin mucho esfuerzo abarco los dos kilómetros que separan la casa de Pachuli de la estación de bomberos. De Lorenzo Segovia. Lo veo en la puerta, me saluda. Empiezo a frenar. Recuerdo que revisé las llantas pero no los frenos. Le hago adiós al mismo tiempo que me empotro contra su camión.

Me imagino que pasan algunos segundos…

—Tendría que haber revisado los frenos —murmullo como borracha mientras trato de seguir las indicaciones de Lorenzo. Estoy tendida en una camilla, lindos *shorts* y blusa modernizados con los rasgados que se han hecho. Yo muerta de la vergüenza.

—Hoy practicaremos contigo —dice Lorenzo colocando variados parches sobre todo tipo de rasguños—. Las heridas por caída sobre asfalto o cemento son las más comunes en la bicicleta. Felizmente no te golpeaste la cabeza.

—Me olvidé del casco… —contesto tocándome la cabeza. No abro los ojos del todo para no toparme con sus ojos y sentirme peor aún.

Lorenzo me ausculta al detalle mientras me va comentando lo que hace. Dice que esto cuenta como lección. Cuando me dice que trate de sentarme yo quiero "hacerme la muertita" porque ahora sí que lo voy a tener que mirar a los ojos.

Un dolor agudo me invade pero con rapidez desiste. Lo miro y lo único que veo es ternura. Se me pasa la timidez. Me invita a levantarme y a acompañarlo a la sala de estar de la estación. Me sirve un café y me hace las preguntas de rigor para confirmar que no tengo conmoción cerebral debido al golpe. Me dice que es mejor que me quede un rato para asegurarnos de que no me pasará nada más.

Le prometo que no me voy a quedar dormida o desmayarme, pero igual no me deja ir. Me gusta que sea así, que su manera de ser sea protectora, varonil.

Empezamos a hablar de lo que hacen los bomberos. Cuando me siento mejor, me lleva hasta el camión y me empieza a mostrar las partes… que si la manguera gigantesca, que si las sirenas, que si su uniforme especial. Uno por uno, se toma el tiempo de explicarme para qué sirve todo eso, cómo lo usan, cómo se siente cada vez que tiene que atender una llamada. Realmente me da una vista privilegiada de las cosas por las que pasan los bomberos. Estoy totalmente sobrecogida por lo que voy aprendiendo. De pronto un hombre bajito pasa cerca de nosotros, apresurado, no hace contacto visual con Lorenzo, más bien lo ignora y se sigue de largo. El capitán aparece en el pasillo del segundo piso y empieza a gritar:

—¡Socorro! ¡Socorro!

Miro hacia arriba. No veo lo que está sucediendo, ¿por qué grita así? Me pongo nerviosa. Me pregunto si estoy justo en un día en donde algo malo está sucediendo en la estación. El capitán parece molesto, indignado.

—¡Socorro! —vuelve a gritar apoyándose en la baranda. El hombrecillo se detiene. ¿Es él el malo de la película?—. Socorro: a mi oficina, ya mismo —dice el capitán y a mí me da ataque de risa.

Cuando Lorenzo se da cuenta de lo que está ocurriendo empieza a desternillarse a carcajadas también.

Caigo rendida sobre la cama y me doy un gran golpe sobre una caja que no he visto de lo cansada que estoy. Es un paquete rectangular envuelto en un papel de regalo muy sugestivo. Después de quejarme por el golpe que de seguro me sacará un moretón de esos que no te permiten ponerte nada escotado durante días regreso mi atención a lo que me imagino Pachuli me ha dejado sobre el cubrecama antes de la cena.

Lo toco por encima, como tratando de abrir el envoltorio sin malograr la presentación. Me demoro un buen rato tratando de hacerlo hasta que me vence la curiosidad y empiezo a rasgar sus vestiduras hasta dejarlo en cueros. Me sorprendo al ver la imagen ilustrativa en la caja. En verdad no sé qué es, pero creo que me lo puedo imaginar. ¡Es que todo este tiempo que hemos estado hablando Pachuli se debe haber estado relamiendo de gusto por su gran broma!

Siento un poco de indignación y un poco de lástima por mí. Pero sobre todo empiezo a sentir una infinita curiosidad.

Me levanto y de puntillas llego a la puerta y le echo llave. Muevo la manecilla un par de veces para asegurarme de haber cerrado bien.

Abro la caja con una lentitud de desarmador de bombas. Me muero de la vergüenza. Me da una risotada seguida por un hipo seguida por un pedo. El pavor a lo nunca experimentado me hace sudar mientras levanto la caja con las dos manos y miro adentro. Puedo ver cables, un enchufe, una etiqueta inmensa explicando en varios idiomas los peligros de usar el aparato cerca del agua. Camino mis dedos hacia el interior de esa cueva oscura, mi corazón está saltando en mi pecho, es un pez danzando una mezcla de hip hop y reggaetón. Me miro el Fitbit: mis pulsaciones están subiendo. Empiezo a jalar de los alambres para rescatar aquel artefacto. Por fin libero al "masajeador" de su encierro.

Lo pongo sobre la colcha y lo examino.

Es una cosita bonita: larga, cilíndrica, de un color rojo carmín extremadamente pecaminoso. Los botones marcan diferentes velocidades. ¿Hará mucho ruido?

Quiero probarlo. Quiero dar un paso, un primer paso, cualquier paso que me ayude a salir de este encierro, de esta soledad del alma. Pachuli sabe lo que hace. Ella siempre se adelanta a mis pensamientos, sabe percibir lo que necesito. ¿Y Rodrigo? ¿Qué diría Rodrigo? ¿Aprobaría? ¿Desaprobaría? ¿Se reiría?

Quiero escuchar su voz. Quiero que me susurre: «Enciéndelo, disfruta, no seas tonta».

Y entonces lo escucho. No como de miedo, como de fantasmas, sino dentro de mí. Quiero pensar que Rodrigo ha hablado y usar el masajeador es una orden.

Camino hasta la puerta y reviso que siga cerrada. Voy a enchufar el aparato y me doy cuenta de que Pachuli ha pensado en todo y colocado una extensión sobre la mesa de noche. ¡Mi amiga es una bandida! Me tumbo sobre la cama y trato de acomodarme. Me hago la que Rodrigo me está dando instrucciones. Se me hace más fácil si él está durante estos momentos de transición. Una vez que estoy tendida en diagonal, nuestra posición en la cama, enciendo el aparato. Lo apago de inmediato. El ruido del motor me parece de avión. Quedo sobre el colchón sin moverme, misma ardilla que ha sido encontrada robándose comida. Quiero esperar a ver si Pachuli se aparece a renegar.

Nada.

Decido que debo tratar de nuevo.

Me desnudo de la cintura para abajo y me tumbo de nuevo en diagonal. Esta vez reviso primero los botones del aparato y luego pulso el número uno, la velocidad más lenta. Empiezo a sentir la vibración y de inmediato me pongo tensa, como si hubiese hecho algo malo, pero luego visualizo de nuevo a Rodrigo y me calmo. Cierro los ojos, floto en un mar pacífico, las mínimas olas me arrullan, la tibia temperatura me ciñe. La vibración empieza a dominar mi cuerpo y me entrego a su única energía. A medida que el vibrador sube hacia mis labios, los latidos crecen y se multiplican convirtiendo las múltiples villas de mi cuerpo en tambores danzantes. Veo luces que destellan bajo mis párpados como coloridas mandalas. Siento mi dedo recalando en la siguiente velocidad, mi espalda arqueándose, el deseo entregado al placer. Me escucho gemir mientras busco la última velocidad. Veo a Rodrigo cabalgándome mientras disfruto el adiós a la represión. El orgasmo empieza a asomar desde lo más íntimo de mi ser, se acerca en potentes temblores, los colores de una fiesta hipnótica estallan entre mis piernas, es un terremoto de arena, una marejada de sal que sube hasta aquel pico olvidado y con una fuerza que no reconozco se apodera de todo mi cuerpo hasta lograr la recompensa anhelada. Lanzo un suspiro de goce. Me ovillo al reconocerme nuevamente mujer.

Lorenzo me ha invitado a salir. No sé qué ponerme. Hasta ahora todo ha sido en su mayor parte teoría. Es fácil imaginar cosas, imaginarlas como uno quiere, con los detalles que uno desea, con la música prestada de otras ocasiones perfectas, con las palabras de ensoñación que alguna vez me derritieron como hielo en el desierto. Pero es diferente, irritante casi, tener que enfrentar la realidad. Las canas tempraneras y las patas de gallo que Rodrigo juraba no ver ¡jamás! me miran sarcásticas desde el espejo. «A quién crees que engañas?», susurran virulentas. Me detengo sobre la imagen reflejada. Me observo en plan de evaluar. ¿Cuál es mi intención? ¿En qué tipo de masoquista me he convertido? Es como si hubiese perdido todo lo esencial, lo que Rodrigo valoraba en mí, y ahora quisiese reemplazarlo por valores despóticamente esquivos pronunciados en lo físico. ¿Desde cuándo me importa mantener aquello que a final de cuentas se convierte en arena del pasado? ¡Desde que me veo obligada a ponerme nuevamente en el mercado! Al menos, eso es lo que parece. ¡Y Lorenzo es guapo! Le tengo que hacer buena pareja o los que nos vean pensarán que está conmigo por algún tipo de pena o apuesta con los amigos. No sé qué ponerme y, peor, no sé qué esperar... o qué espera él de mí. Busco algún fragmento, una esquirla, un cachito, algo que sea especial acerca de mí. Me recorro con la mirada como lo hará él. ¿Qué me pongo para esconder lo feo y resaltar lo bueno?

Pachuli me sorprende en plena tasación. Se pone a mi costado. Me pide que me voltee, que me ponga de espaldas al espejo y decida teniendo en cuenta lo que me hace sentir más cómoda.

—Es que ya no lo sé —respondo y siento que el labio me tiembla—. Con Rodrigo todo era sencillo, como que ya estaba decidido de antemano; y yo nunca me hacía bolas. Él me quería tal y como soy; y todo acerca de mí le parecía fantástico.

—¿Y entonces por qué te estás complicando tanto? ¡Porque te has convencido de que no debes ser tú misma! Ponte lo que te provoque. Maquíllate como quieras. Péinate como mejor te parezca. Si Rodrigo se enamoró de ti tal cual, ¿qué te hace pensar que nadie más que él puede verte tal y como eres?

—¿Tal y como soy? —se lo digo como si me hubiera insultado.

—Tal y como eres, mi amiga… o sea: regia… No te pases, que tú, mi Belénsh, eres preshoooooshaaaa —dice mientras juguetea con mi cabello, levantándolo y dejándolo caer—. Mira: nadie busca perfección, pero todos buscan felicidad… Y la felicidad sale de los pequeños detalles, de cómo nos llevamos, de las pequeñas aventuras, de cómo nos hacemos reír, de los recuerdos que nos regalamos con solo nuestra presencia. Nuestro darnos por entero a cada instante en el presente nos puede mantener vivos luego en los momentos difíciles…

—¡Estoy hecha un ovillo de nervios!

—¿Y quién te dice que él no lo está?

—¿Crees?

—¿Y por qué no?

—Porque yo…

—Porque tú, ¿qué?

De pronto Pachuli corta la conversación y muy seria se queda mirándome, como estudiándome, y me dice:

—No sabes lo rico que es escucharte hablar. En tu voz como que quedan representados todos mis recuerdos, mis emociones de tantos años… Es que yo feliz me devoro todo lo que dices, cada palabra, la manera en que las modulas, el dejito pituco limeño, *de Miraflores pa'arriba*, como decía la monja del arenal. De Miraflores pa'arriba. ¡Ay, pero qué cosa decirle eso a una niña que no entiende diferencias! ¿Te acuerdas cómo nos reñía por andar agarradas de la mano? Como si a esa edad una tuviera la malicia para entender lo que realmente quería decir. Háblame, Belén, así sea en modo pituco, que eso me llena el corazón. Eso y los olores de Lima. Es que no me canso. Así todos digan que huele feo. A mí me parece que huele a lo verdadero, a garúa, a jardinero sudado, a neblina, a tierra que se levanta de la humedad, de los orines, de la cocinita a kerosene, del perfume prieto, del desodorante corrido, de la ropa apretada, de la gasolina bambeada, de la basura arrumada, de los anticuchos al paso, de la frescura marina, de la cerveza dura…

—¿Pachuli?

—¿Qué? Háblame, Belén. Yo feliz me quedo escuchándote para siempre…

—Que te has ido en el barco de los recuerdos y no me has ayudado a encontrar algo para ponerme para hoy —digo mientras busco algo, lo que sea, ahora sí desesperada porque el tiempo me gana.

Después de tanto buscar el atuendo perfecto y ya vestida, peinada, maquillada y lista para salir, le doy un vistazo al teléfono y me encuentro con un texto de Lorenzo avisándome que en lugar del plan original vamos a hacer algo "diferente" y que me ponga ropa de deportes.

Pachuli se ríe a carcajadas mientras yo corro para cambiarme y deshacer el maquillaje y el peinado "pomposo y aburrido", según ella, para convertirme en un aviso de esperanza para flaquitas que van a su primer *training*.

Felizmente acabo de invertir en un conjunto bastante juvenil y destacador de las pocas curvas que me manejo junto con unas zapatillas de atleta dedicada que en verdad no me merezco. Me arreglo la cola de caballo de reglamento y la pruebo meciéndola hacia cada costado. Me miro de nuevo en el espejo y aunque no sea nada deportiva me doy el visto bueno. ¿Será que ponerme deportiva mientras luzco totalmente *casual, baby* me queda mejor? ¿Será que por mi madrecita que no tengo idea de cómo vestirme hoy en día? ¿Será que incluso la idea de pasearme por el "mercado" para "ver qué hay" me da la impresión de estar fallándole por completo a mi amor Rodrigo?

Pachuli me apura a la ventana. Lorenzo acaba de llegar.

—¡Hasta el carro que maneja es puro músculo! Si al final decides que no lo quieres, yo sí lo quiero —dice Pachuli y hace un gesto obsceno mientras me empuja por el pasillo a las escaleras de la casa—. ¡Incluso si todo sale mal, por lo menos tus sentidos se dan un paseo rico! —sigue y empieza a cantar a voz en cuello—: *Macho*, *Macho maaaan, I want to be a MACHO MAN!*

Le ruego que se calle, pero ella está embalada. Eso sí: cierra el pico y pone cara de mosquita muerta cuando llegamos al umbral. Le doy una mirada asesina y abro la puerta. Ella todavía no se puede contener y juega con mi cola mientras ríe hasta que Lorenzo está ya frente a nosotras.

Cierro la puerta y saludo a Lorenzo. Mientras caminamos hacia su carro, volteo ligeramente y a través del tul de las cortinas la veo saltando y bailando. Me encantaría ser como ella y dejarme llevar por el momento, pienso al subir a la camioneta; y en ese instante me prometo serlo y disfrutar de lo que venga.

Lorenzo enciende la radio y va buscando una estación mientras me mira de reojo, como buscando mi aprobación. Le hago un gesto de consentimiento cuando llega a una canción que reconozco. Su cara se enciende de gusto y empieza a seguir el ritmo con sus manos y su cabeza mientras arranca la *pick up*. Suspiro de alivio para mí misma al tanto que trato de encontrar en su persona detalles que a Rodrigo le parecerían adecuados. Creo que hemos empezado bien, pero de alguna manera todavía siento que él está presente… más bien quiero que él esté presente. Es difícil entender por qué pero me digo que sólo me podría enamorar de alguien que él vea como su igual, como un buen reemplazo, tal vez alguien que podría haber sido su amigo.

No me doy cuenta, pero me he metido tanto en mis pensamientos que Lorenzo me pregunta si me sucede algo. Me avergüenzo por hacerle pasar un mal rato. Él ha sido muy bueno conmigo hasta ahora y quiero pagarle el favor poniendo toda mi atención en este momento. Me despido de Rodrigo en mi corazón. Debo dejar que mi difunto marido descanse, eso es lo que dice Pachuli y lo que tengo que tratar de hacer. Si no lo logro, este viaje es por gusto. Apago las preguntas en mi mente y abro mi corazón a la exploración de esta nueva amistad con Lorenzo.

—Disculpa. Creo que me dejé llevar lejos por la melodía. Me estaba tratando de acordar cuándo fue la primera que escuché esta canción —contesto lo primero que se me viene a la mente.

Lorenzo sonríe y asiente.

—Jugando vóley de arena —dice. Me doy cuenta de que a pesar de tener algunos dientes chuecos sus labios son carnosos y delineados.

Me pierdo de nuevo en el color vino tinto de sus labios, recorro los senderos demarcados en su boca y trato de imaginar cómo sería besarlo. Rodrigo tenía una manera de hacerlo que me fascinaba, con una parsimonia que me hacía desearlo aún más, probándome por entero mientras transitaba con su lengua los surcos ansiosos de mis labios tratando de hacer los suyos parte de mi dicha plena.

—Vóley de arena —repite Lorenzo mientras repiquetea los dedos masculinos, labrados por el quehacer de apagar fuegos, encima del timón—. ¿Juegas?

—¿Yo? ¿Vóley de arena? —contesto como una tonta perdida en el espacio sideral.

Lorenzo me mira de nuevo y arquea las cejas. Advierto que no he terminado de responderle.

—No. No he tenido la oportunidad —el sonido de mi voz respondiendo de una manera tan monjil me desespera. ¡Si no me despabilo de una buena vez no me a querer ver más!—. No, que no, pero me encantaría probar… —Ya. Ahora sí soné mejor. Lo acompaño con un gesto que creo que es una sonrisa. Con esto también le dejo abierta la posibilidad de invitarme otra vez. Aunque en verdad soy yo quien debería averiguar si quiero salir de nuevo con él.

Nos cuadramos en una zona que no parece un vecindario sino un parque industrial. Veo paredes de ladrillo pintadas al carboncillo de la suciedad ambiental, grafiti adulto de temática "altamente ilustrativa", falta de aceras y del clásico verde tropical, calles con tremendos huecos. Casi de inmediato siento el olorcillo de la podredumbre entretejido con combustible reciclado colándose por las rejillas de circulación de aire de la camioneta. Me pregunto qué diablos estamos haciendo allí. Empiezo a imaginar escenarios perturbadores, me veo corriendo por mi vida, perros dóberman persiguiéndome y yo trepándome a donde puedo para lograr escapar; me veo atrapada en una de esas fábricas, amarrada a una solitaria silla en medio de una sala destartalada y llena de antiguallas, gritando a todo pulmón porque sé que si no me rescatan me voy a morir de hambre y sed; me veo paralizada frente a un gran cerco de metal, sin salida para ningún lado, sabiendo que de no poder subir esa verja la vida se me puede acabar.

Lorenzo me despierta de ese agotador instante de pánico al poner su mano sobre mi hombro. Brinco un poco en mi asiento, pero trato de no mostrarme ansiosa.

—Vamos —dice y desde su lado abre los pestillos automáticos de las puertas.

—Ya —contesto y empujo la puerta para descender de ese armatoste. Quisiera preguntarle qué hacemos ahí, pero me gana la timidez y me quedo callada.

Un camión se estaciona cerca de donde estamos. Lorenzo sonríe y empezamos a caminar hacia allá. Otra vez siento escalofríos. ¡Es un rapto! ¡Eso es! Al llegar cerca de la puerta trasera del vehículo, él me ofrece un gorro y guantes de lana. No entiendo nada.

—Estás sudando —dice Lorenzo y toca a la puerta de metal—. Ahora te enfrías —afirma y yo siento que sus palabras confirman mi sospecha.

La puerta se abre y empiezo a buscar para dónde correr. Pero antes de poder encontrar una manera de salir de ahí, Lorenzo me toma por la cintura y levantándome me pone dentro del camión. De pronto me encuentro cara a cara con ese hombrecillo que vi en la estación el otro día: Socorro. Él le hace un gesto de *mi brother* a Lorenzo. Veo a otras mujeres ahí. También visten ropa de deporte, pero no están asustadas sino más bien estirándose en diferentes poses. Entonces me doy cuenta de los tapetes de ejercicio colocados en todo el piso del camión y en la parte de adelante veo a alguien que parece una instructora. Socorro se le acerca y se pone al lado de ella, colocándose el auricular con micrófono.

—¿Qué es esto? —le pregunto a Lorenzo mirando a mi alrededor. Me alivia darme cuenta de que no es un secuestro.

—Yoga en frío, en helado más bien porque este es un camión refrigerado. Ya vas a ver ahora que se te pasa el calor de afuera.

Nunca he hecho yoga. Y menos en un congelador. Pero después de todas las ideas nefastas que han pasado por mi mente le doy la bienvenida a cualquier tipo de ejercicio.

—¿Y tu amigo es profe? —pregunto todavía conmocionada por lo que acaba de pasar y la imagen del bombero enano frente a mí.

—Socorro es muy bueno en muchas cosas… Su tamaño es justamente lo que lo hace único… especial… —contesta con una sonrisa enigmática pero luego se da cuenta y prosigue—: Cuando vamos a un fuego, él puede entrar con facilidad a los resquicios más pequeños, algo que sería imposible para cualquiera de nosotros.

—¿Y esta clase también?

—Está casi para completar sus horas de entrenamiento para certificarse como profesor. Las chicas lo adoran porque enseña muy bien y no es de esos adonis que por bonitos se creen que están por encima de todos. Aparte, que es muy flexible.

Lorenzo coloca un par de alfombrillas delante de nosotros y luego de darme una palmadita en la espalda me invita a realizar unos ejercicios de calentamiento.

Al regresar encuentro a mi amiga despierta. Sin decir nada, me da una copa de vino blanco heladísimo y juntas pasamos a la sala.

Ella se tumba en un diván y yo la sigo hasta acomodarme a su lado en un taburete.

Contrario a lo que espero, Pachuli no me interroga acerca de mi cita con Lorenzo. ¡Y yo que me muero por contarle! Más bien me pregunta si me acuerdo de un compañero del colegio, Alexis Nieto. La pregunta me agarra en frío. No he pensado en Alexis en mucho tiempo. Pachuli sabe que me acuerdo. ¡Claro que lo sabe, la muy pendenciera!

—¿Alexis el churro? —aclaro como si hubiese otro Alexis Nieto.

Pachuli me mira y arquea una sola ceja. No sé cómo lo hace, pero sí lo que significa.

—Claro que me acuerdo. El chico más lindo… ¡no! El más guapo de toda la promoción.

—El que tú querías que te hablara desde tercero hasta quinto de media —me recuerda.

¡Como si no lo supiera! La vergüenza que me hizo pasar cuando en lugar de invitarme a mí a la fiesta de pre prom invitó a Pachuli. Y a mi amiguita no se le ocurrió una más horrible que decirle que mejor iba conmigo. Y él al final fue con otra chica.

Trato de devolverle la arqueada de ceja pero lo único que logro es abrir el ojo tanto que aterriza un mosquito en él y empieza a deslizarse por toda su superficie, provocando que corra a la cocina a echarme agua.

Pachuli se acerca y en un tris tras saca al bicho, me acomoda la ceja y colocando sus dos manos sobre mis hombros me dice en una voz ultra chillona:

—¡Vive aquí!

—Alexis… ¿vive aquí? —Me tiemblan los labios de sólo pronunciar su reverenciado nombre. Me acuerdo tanto de él… y de mi estúpido enamoramiento… prestándole atención a todo lo que él hacía, siempre tratando de que me "viera", hasta recogiendo un pedazo de galleta que dejó a medio comer, una entrada al cine usada y un pedazo de cuero que cayó de su casaca para ponerlos como parte de mi colección, de mi altar seria más correcto decir, al niño bonito de los ciento y pico de mi promoción del colegio—. ¿Cómo sabes? —es lo único que atino a decir ante semejante revelación.

—Bueno, no sé de seguro. Me han pasado la voz —responde Pachuli y a mí me da un poco de cólera que me haya puesto de pronto sobrexcitada por la idea de tal-vez-a-lo-mejor-quién-sabe ver a alguien que en verdad nunca se portó bien conmigo. Pero entonces caigo en la cuenta de otra posibilidad—: ¿Estás emocionada por ti? ¿Eso es? ¡Claro! ¿Si él no tenía ningún interés en mí antes, porque lo tendría ahora? —Y en lugar de alegrarme por mi amiga, me enojo conmigo misma.

Pachuli también entiende lo que acaba de pasar y en lugar de contestarme, me pregunta por fin cómo me fue con Lorenzo. Le agradezco el cambio de ruta y paso a contarle todo lo sucedido con mi bombero favorito.

Mi amiga se devora la historia. Celebra efusiva y ríe con gusto cuando le cuento todo lo que pasaba por mi mente antes de enterarme de los verdaderos planes de Lorenzo.

—¿Y qué tal el *cold yoga*?

—*Frozen yoga*, dirás. Mira: todavía estoy helada —contesto haciéndole tocar mis brazos que de rato en rato tiritan solitos tratando de recobrar su temperatura—. Aunque, dejándonos de cosas, no estuvo taaaaan mal. Ya una vez que empezamos la clase, y yo logré relajarme y olvidarme de tanta tontería que pasó por mi mente, pude enfocarme en mi cuerpo y…

—¡Y en el cuuueeerrrpaaaazzzoooo de Lorenzo el magnífico! —interrumpe Pachuli y encima añade un gesto pornográfico que me hace salivar por alguien por primera vez en mucho tiempo.

Nos subimos a una larga y febril pausa en la que las dos flotamos dentro de una deliciosa nube de "vislumbración" babeando y pensando en Lorenzo y sus "herramientas".

—En verdad que está…

—¡Como se pide, chumbeque!

—¡Eso, con su miel rojita y todo!

—Pero, aparte del cuerpo, y sin desmerecerlo, ¿te cae bien Lorenzo?

Detesto cuando alguien me rompe la burbuja de la fantasía sensual y me obliga a aterrizar sobre la realidad de repente y en clásico panzazo.

—Claro. ¡Me encanta! Aunque es un poco bastante diferente de mí… es más como tú: inquieto, listo para la aventura…

—¡Explorador! —casi canta Pachuli con una entonación que implica ese doble sentido que uno le daba a todo en la secundaria.

Asiento y le devuelvo una sonrisa maliciosa.

—¿Lo vas a ver de nuevo?

—No sé… depende de él, ¿no?

—¿Y acaso tú tienes quince? Puedes hacer lo que te dé la gana cuando te dé la gana. Si tú quieres, lo llamas. Y listo.

Se nota que hace tiempo que no estoy en el mercado. Que una chica pueda llamar a un chico es primera noticia para mí.

Miro a Pachuli intrigada. Quiero que me diga más acerca de estas nuevas pero beneficiosas reglas.

No me he atrevido a llamar directamente a Lorenzo. Creo que estoy demasiado condicionada por el manual de urbanidad del pasado. Igual él me ha mandado textos aquí y allá, y también me ha puesto en contacto con sus amigos paramédicos para que me cuenten acerca de su trabajo y las clases que tendría que tomar.

Mientras busco la osadía para agarrar ese teléfono y marcar el número de Lorenzo, el Chumbeque, Pachuli me enseña los truquitos para adaptarme a la vida en los Estados Unidos.

Hoy me ha mandado al súper y ha sido bastante específica cuando me ha dicho:

—Cuando pases por las frutas, agarra una piña y ponla patas arriba, *upside down*, pues. Camina así tranquila mientras haces tus compras. Si alguien se te acerca y tiene la piña patas arriba, en la misma posición que la tuya, y te empieza a hablar, le vas a hacer caso: lo sigues a donde te diga. ¿Estamos?

—¿Y eso? No entiendo nada… ¿Yo para que voy a seguir a un desconocido?

—O desconocida.

—O desconocida.

Pachuli me mira raro. Como si yo fuera la idiota por no entender.

—Hazlo —dice toda seca. A mí no me gusta cuando se le mete esa personalidad mandona de sargento.

—Bueno, bueno. No te sulfures. Lo haré —le contesto.

Así que, sin darle más vueltas al tema, tomo una piña y la coloco en la carretilla. Me imagino que tal vez es una manera de darle a entender a otros que eres nueva y necesitas ayuda, sea para encontrar cosas de entre ese mar de artículos, sea para que te ofrezcan ayuda a la hora de hacer la transacción en la caja, sea para que alguien te acomode las compras en la maletera.

Ya casi me he olvidado que voy cargando la famosa fruta cuando una pareja se me acerca en el área de los alimentos refrigerados (*¿serán los congeladores un elemento recurrente para mí?*) y me muestran su piña, también colocada al revés en su carretilla. No dicen nada, pero me miran de arriba abajo. Me siento un poco desnudada por este par, puesto que me exploran acuciosamente. Ya casi estoy por dar media vuelta cuando la mujer le dice algo al hombre y luego de mostrar su aprobación con una palmadita en el trasero de ella, el hombre me ofrece una tarjeta. Yo asiento por educación y recibo la tarjeta. Luego se marchan.

Me he quedado como estatua, parada en el mismo lugar, abrazada a la piña, mientras los veo alejarse. *¿Qué carajos fue eso?*

Dejo todo tirado en medio de las góndolas del Publix y deprisa regreso a casa. ¿Le entendí mal a Pachuli? No me ha gustado para nada lo que ha sucedido y tampoco encuentro cómo es que esta incómoda secuencia de actividades me lleva a nada. ¿O tal vez me perdí algo?

A pesar de que no traigo ni una bolsa del supermercado conmigo, Pachuli me recibe sonriente.

—¿Qué tal con la piña? —pregunta sarcástica, alargando cada sílaba mientras dibuja en el aire un signo de interrogación que fácilmente podría ser un cuerpo curvilíneo. Luego se apoya sobre el repostero y queda callada, a la expectativa de mi respuesta.

—Tú sabes algo que yo no sé —la acuso—. Tú me mandaste a hacer algo… algo ¿cochino? Y ahora te estás burlando. ¿Sí o sí? —Me acerco a ella en son de batalla.

—Cuéntame lo que pasó y yo te explico, pero con detalles, si no nada —me reta.

—La bendita piña…. Hice lo que me dijiste: agarré una y la puse patas arriba en el carrito del Publix.

—¿Olía rico? —me interrumpe cachacienta.

La miro fastidiada. Igual asiento apurada y sigo porque lo único que quiero es que me explique la situación con ese tipo y esa tipa.

—Como me dijiste: la puse en el carrito y empecé con las compras siguiendo la lista que me diste. Obvio, me demoré porque tocaba buscar dónde estaba cada cosa, leer las etiquetas para asegurarme de lo que estaba comprando, y así sucesivamente.

Esta vez Pachuli me lanza una de esas miradas de "apúrate y llega a la parte buena", así que decido saltearme algunas de mis impresiones y pasar a la parte de la pareja rara.

—Entonces, cuando estaba en el área de refrigerados, se me acercaron una mujer y un hombre que también tenían una piña acomodada como la mía.

Al escuchar eso Pachuli hace una sonrisa inmensa y diabólica y pone incluso más atención.

—Me miraron de una forma rarísima, como quien escoge del acuario la langosta que se va a comer.

—Ya veo… —replica mi amiga pensativa. Me imagino que estaba tratando de dibujarse el escenario en su mente—. ¿Y te escogieron o qué? —pregunta.

Me extraño por su aspereza. Pensé que se mostraría inquietada por lo que le cuento, pero me parece que el efecto es el contrario.

—Bueno, esa es la cosa… es que no estoy segura de qué pasó y a qué te refieres con tu pregunta.

—Que si dijeron algo o te propusieron algo… o algo así —contesta como si yo fuera una impertinente por no entender por mí misma.

—Sólo me dieron una tarjeta y luego se fueron sin decir una sola palabra más —digo y le entrego la tarjeta. A Pachuli se le encienden los ojos cuando la lee.

—¡Lo sabía! ¿Ves este columpio en la tarjeta? —contesta dando saltitos por la cocina—. ¡Felizmente no te fuiste con ellos!

Yo cada vez entiendo menos. Y sólo atino a seguirla con la mirada.

—Disculpa Belén, la verdad es que te he usado un poquito… Es que siempre he escuchado que eso de la piña al revés es una manera de indicar a otros que estás abierta al *swinging,* pero nunca lo había podido comprobar por mí misma —se carcajea llevándose las manos a la boca—. ¡Eres la primera de mis amigas que lo ha visto frente a frente!

—Disculpa, pero ¿qué es *swinging*?

Pachuli se detiene y me abraza fuerte, me ciñe con ambos brazos por un buen rato hasta casi cortarme la respiración. Cuando nos separamos parece arrepentida por algo. Pronto me lo explica:

—*Swinging* por lo general es intercambio de parejas, pero en este caso te estaban invitando para una trica.

—¿Una quééé?

—Dios santo, a ti hay que explicarte todo: ¡que querían un trío sexual contigo!

—¡¡¡¡¡Guácala!!!!! ¡No puedo creer que me mandaste a hacer esto! ¿Cómo se te ocurre? ¡Me ha podido pasar algo!

—Pero no te pasó nada y a mí me has ayudado a hacer real lo que siempre fue un mito para mí. Y por eso te agradezco —dice tomándome de los hombros para calmarme. Aunque de inmediato regresa a su estado natural—: Aquí está la tarjeta, por si se te antoja en un momento de necesidad —pone la tarjeta sobre el repostero y sale corriendo.

Lo que es yo, ¡ni más toco una piña! Y menos en público.

Calvin y Klein han estado toda la tarde en casa. Llegaron para que Pachuli les cuente en detalle lo que pasó en el Publix pero al final he sido yo la que ha acaparado la conversación.

Los chicos se desternillan de la risa con mi relato de las aventuras de la piña volteada. En algún momento me doy cuenta de que soy el centro de atención y en lugar de meterme en mi caparazón y esconderme, como haría normalmente en Lima, tomo conciencia de que tener ese reflector con bombillas de increíble iluminación sobre mí es algo que me gusta, algo que disfruto, y entonces descubro y abro los ojos a un aspecto escondido de mi personalidad y busco la manera de prolongar el momento escrudiñando en mi mente para agregar una letanía de detalles entre cómicos y soeces que no había compartido antes con Pachuli y que van sazonando la historia hasta elevarla a un nivel épico.

—¡Yo digo que los deberíamos llamar! —propone Klein y con la mano me pide que le pase la tarjeta que de tanto manoseo esa tarde ha caído ajada y rendida sobre la mesita de café como servilleta de papel en té de tías.

Tomo la tarjeta y la meto en el primer bolsillo que encuentro… que no es el mío sino el de Calvin.

—¡No seas mañosa, Belensssshhh! —chilla exageradamente Calvin cuando se da cuenta de lo sucedido. Y de inmediato saca la tarjeta de su bolsillo, la besa haciendo una mueca grosera con los labios y se la pasa a su pareja—. Arre arre con los pastores… *shoo shoo, don't bother me…* —agrega mientras me empuja con las caderas.

Klein toma la tarjeta y empieza a marcar el número. Pone el celular en altavoz y me lo pasa. Mejor dicho: me lo tira. Yo me friqueo. No sé qué hacer. Me pasmo con el teléfono en la mano. Una mujer contesta.

—Habla —susurra Calvin y me hace un gesto para que siga adelante. Yo le contesto con un gesto de interrogación. Ya no quiero ser el centro de atención. ¿Dónde está mi caparazón cuando lo necesito?—. Queda con ellos —incita Calvin; y por un momento siento valentía pasando por mis venas.

—¿Hola? ¿Aló? *Hello?* —dice la mujer, luego agrega—: ¿Mande? —al escuchar esa palabra nos da ataque de risa. ¡Tantas cosas que se pueden inferir cuando alguien te dice ¿Mande?! Lo único que me viene a mente es cortar y luego de buscar el botón preciso por dos momentos, cuelgo.

—¡Te va a llamar de nuevo! —grita Pachuli.

—¡Ni cagando! —respondo, apago del todo el teléfono y lo tiro sobre la mesita. Me he puesto un poco seria luego de que la adrenalina del momento ha dado un bajetón.

Pensando que todavía estoy molesta con ella y para congraciarse conmigo, Pachuli nos invita a salir a todos.

—Vamos a seguirla en un bar —dice.

—Ay no, qué pereza, Pachu... —contesta Klein.

—Capaz tú no quieras, pero yo sí —lo contradice Calvin. Y agrega—: Pero depende de dónde, que a veces te mandas con unos lugares que son unos esperpentos.

—Ahorrativa es, pues —se burla Klein.

Pachuli se interpone:

—Prometo que les va a gustar a todos. En serio, vamos... estoy que me muero por salir...

—¿Belenishia? —Calvin me saca de mi ensimismamiento. Lo miro un poco ida—. Creo que Belén se ha quedado con la *pinneaple lady*... —se burla.

—¿Qué? ¡No! ¡Salgamos! —me defiendo—. Pero me quiero cambiar primero... ¿Pachuli, vienes?

Al rato aparecemos de nuevo listas para irnos de parranda.

Brindamos con unos *shots* de pisco antes de salir.

Pachuli y los chicos deciden el lugar. A mí me da igual con tal de sentir de nuevo esa bravura, ese *high* de adrenalina, ese atrevimiento que me saca de mí misma, que me convierte en la misma persona que veo en el espejo, pero diez mil veces mejor.

Al entrar en Coyote Ugly me pregunto si será otra de las famosas pasadas de Pachuli. El ambiente tipo *cowboy* no me parece que sea compatible con mis amigos, pero igual pienso que la vamos a pasar bien. Todo depende de cómo te tomes las cosas y yo estoy como para tomarme todo un poco más a la ligera y experimentar con lo que se me presente. Al menos por hoy; ya veremos cómo le hago mañana.

Calvin y Klein se acodan en la barra para ver al público pasar y rajar de todos y cada uno y piden una cerveza de esas con nombres raros, como Varrel-O-Pork, pero los mandan a volar. Aquí sólo se sirve cerveza nacional o de las cervecerías artesanales del área contesta el barman con displicencia. Pachuli les hace una mueca de *ubicaína* y ellos se pasan a la zona de coctelitos azucarados de colores diversos. Pachuli empieza la noche a la brava y pide Jello *shots*. Nos pasan los vasitos de gelatina verde con vodka rusa de la buena y la fiesta arranca. Unos cuantos *shots* y la calentura empieza. Las capas de timidez caen al piso y los sentidos se aguzan. Hemos subsanado los huecos en mi personalidad con alcohol puro. Empiezo a observar con gusto a los que están frente a mí: hombres disfrazados de vaqueros, *jeans*, botas, camisa de cuadros, sombrero de ala ancha, parecen salidos de una escultura de Remington. Uno se acerca a mí. Es joven, alto, de ojos claros que combinan con su barba negra con una mancha blanca justo en el medio, su rostro masculino y anguloso me inquieta, siento una agitación inevitable. Pachuli ni se entera porque me lleva la delantera con los *shots* y ya está en la pista de baile, quebrando cintura y bombeando la cadera con quien tenga a mano. El vaquero se saca su Stetson me hace una venia a manera de saludo y lo acomoda en la barra. Luego se pone frente a mí y me come con los ojos. Me siento mareada, por el trago y por él, pero igual lo miro de frente. Sin decir una palabra, me toma de la mano y me invita a bailar.

Pachuli detiene su baileteo primitivo para hacerme un gesto de aprobación. Calvin y Klein están al otro lado de la pista boquiabiertos. La música cambia a una balada. Él me envuelve con sus brazos. Es una pared de músculos superlativos, tan apretados contra la tensa camisa que puedo sentir la intensidad de sus latidos y el hervor de su respiración. Poco a poco me pierdo en la música, me transporto a una nube de sensaciones deliciosas, exóticas podría decir de tanto tiempo que no las experimento. El erotismo de su cuerpo ciñéndose contra el mío me encrespa por completo, proporcionando pequeños tirones de orgásmica marejada en toda mi piel. La melodía de violines y guitarras lloronas me obnubila, acaba con mis prejuicios, abre mis puertas de par en par. Estoy lista. La obstinación se retira. Estoy lista. Prometo no obstaculizarme. Estoy lista. Con sus inmensas manos labradas por callos levanta mi rostro apoyado en su pecho. Me dejo hacer y cruzamos eléctricas miradas. Pienso en Rodrigo pero lo devuelvo al cajón de los recuerdos. *Tengo que hacer esto*, me digo, *estoy lista*, y en un impulso acerco mis labios a los suyos y lo beso largo y tendido, saboreando cada detalle de su boca, de sus labios, de la excitación que me causa dejarme llevar por el deseo natural de tocar, de sentir, de vibrar con un hombre a mi lado. Él pasea sus manos por mi cuerpo, busca caletas por donde navegar, se quiebra hacia adelante pegándose lo más posible hasta que somos uno y puedo sentir su hombría creciendo de felicidad. «Quiero traerte el desayuno a la cama», me susurra y yo le sonrío, le doy el sí sin siquiera saber su nombre. En medio del ardor veo que Pachuli también se ha emparejado y me dejo caer sin paracaídas en el juego del vaquero. No hay vuelta atrás.

Amanezco en un dormitorio desconocido. ¿Estoy en un hotel? ¿Cómo llegué hasta allí? ¿Qué he hecho? ¡Mierda! ¿Qué he hecho? Lo último que recuerdo es bailar encima de la barra del Coyote Ugly y salir del bar con el grupo al amanecer después de haber tomado demasiado.

Un olor extraño llega a mis fosas nasales. Miro hacia el costado y veo al vaquero durmiendo boca abajo completamente vestido. No entiendo qué puede haber pasado. Me miro y también estoy vestida, apestosa pero con todo puesto, incluso un zapato sigue en su lugar. Me levanto un poco y veo un espectáculo que nunca olvidaré: tacos, enchiladas, quesadillas, gorditas, nachos, burritos regados por toda la cama junto con todo tipo de salsas; algunos abiertos y a medio comer; otros, en bolsas. Era como si alguien hubiera comprado el menú entero de Taco Bell y lo hubiese desperdigado sobre el colchón antes de quedarse dormido. Recuerdo haber dicho que tenía hambre cuando salíamos del bar. ¿Yo compré todo esto?

Pachuli aparece al pie de la cama. Por lo visto se quedó dormida en el suelo. Está tan confundida como yo. Al ver la comida sobre el colchón hace un gesto de gratitud.

—Tú dijiste que querías desayuno en la cama —me recuerda mientras estira el brazo para recoger unos nachos que han quedado cerca de las botas de mi vaquero.

—¿Yo? —preguntó bajándome de ese desastre de cama. Recién allí veo a Klein al otro lado del vaquero. Él sí que está desnudo y dormido boca arriba. Debe estar teniendo un sueño de aquellos porque tiene una gran erección. Salsa roja se ha quedado pegada a su cuerpo y de allí también cuelgan unas cuantas *tortilla chips*. Mi mente no entiende nada. *¿Qué hicimos, carajo?*, grito para mí misma pero miro a Pachuli.

—Ni idea, brujis… ¿Sientes algo? —contesta como si hubiese escuchado mi pregunta.

—¿Algo…? ¿Cómo qué?

—Como allí… algo allí… ¿algún terremoto en las cuevas de la viuda Cuevas?

Creo que la respuesta es no, pero en verdad no lo sé. Igual niego con la cabeza.

—¿Temblorcillo siquiera?

Miro al vaquero y me palpo. Creo que no ha pasado nada, pero la duda es una ladrona de aliento. ¿Y si hicimos algo? ¿Y si hicimos algo entre todos?

—Yo quiero Taco Bell —dice el vaquero.

Pachuli y yo lanzamos la carcajada.

Calvin regresa casi al instante con café para todos y luego de despertar y vestir a Klein, dejamos al vaquero con su festín dizque mexicano y nos vamos de allí. De camino a casa yo sigo pensando en lo que pudo haber pasado y me horrorizo con las ideas que cruzan por mi mente. Finalmente, Klein me hace el favor de calmarme diciéndome que, aunque la parte del bar estuvo candente, para cuando llegamos al hotel ya todos estábamos demasiado ebrios como para hacer nada más allá de dormir en la misma cama. Aparentemente nos besuqueamos rico pero mi cueva sigue llena de telarañas. Me alegra que sea así. Por más sabroso que estuviera Taco Bell, lo último que quiero es no recordar mi primera segunda vez.

Llegamos molidas a casa. En el momento en que estamos entrando, mi despertador suena y aquella voz conocida en la estación de radio anuncia la hora. Demasiado temprano para hacer nada, demasiado tarde para recuperar ocho horas de sueño. Entro al cuarto, dejo que la voz del *discjockey* me siga susurrando floridas oraciones mañaneras mientras me acomodo en la cama *por un ratito nomás*, me digo y me quedo dormida a la primera cabeceada.

Cuando despierto, el programa tempranero ha terminado y ahora suena la voz de la mujer que llega para el mediodía. Miro el reloj: las cuatro. Al parecer he logrado recobrar esas horas adeudadas a mi cuerpo. El sol de media tarde entra a lo bestia por la ventana, se refleja en todas las paredes irradiando una barbaridad de calor y luz. Los elementos me pegan con fuerza, me sacan de debajo de la colcha con rapidez, estoy sudando. Todavía semidormida, me impulso para terminar de levantarme y me dirijo al baño. Necesito un duchazo de urgencia.

Me saco la ropa y el maquillaje, que ya están hechos un pegoste asqueroso, y me meto a la ducha. ¡Qué delicia sentir esa lluvia alocada sobre mi cuerpo maltratado por la mala noche! Me burlo de mí misma al recordarme en la madrugada en esa habitación de hotel. ¡La cara que debo haber tenido! ¡Las aventuras con Pachuli son inesperadas, divertidas, emocionantes! ¡Yo no haría nada de esto si estuviera sola! ¡Y menos en Lima!

Cuando termino, me pongo una bata y al sentarme al borde de la cama escucho un *crunch crunch crunch* que me saca de sitio. Me levanto para ver de qué se trata y me encuentro con *tortilla chips* regadas por todo el cobertor.

Taco Bell no tiene cuando desaparecer, me digo mientras me río y limpio la cubrecama. *Tan guapo pero tan... ¿raro? ¿Hambriento? ¡Especial!*, continúo, buscando pedacitos de *tortilla chips*, granos de sal y excusas para no volver a ver al vaquero.

El agua caliente me ha adormilado de nuevo. Cuando termino de limpiar me acuesto y cierro los ojos. Me acurruco en la hamaca del ensueño, meciéndome entre los labios del vaquero, esos besos de sal y tequila, y la sensación de culpabilidad con Rodrigo. Sé que tengo que seguir viviendo, pero me siento muy atribulada por aquellos momentos en que me colma la ansiedad de estar sacándole la vuelta a mi marido (muerto).

Al rato suena el timbre. Abro los ojos y me caigo de la deliciosa burbuja del placer. Deben haber sido horas en realidad porque el cuarto está envuelto en tinieblas y afuera brilla la luna.

Escucho que alguien se acerca a abrir la puerta. Busco adormecerme antes de que la interrupción de algún visitante me despierte del todo, pero no lo logro a tiempo, Pachuli irrumpe en la habitación y enciende la luz.

—Te odio… —gruño desde la cama y me coloco la colcha sobre la cabeza en señal de protesta.

Pachuli da un brinco sobre el colchón con tanta fuerza que me hace caer al suelo.

—Te vas a desvelar si sigues durmiendo —me dice ayudándome a levantarme—. El Chumbeque ha venido a verte.

—Vaya momento que ha escogido para volver a aparecer —refunfuño tratando de regresar a la cama—. Dile que mañana, porfis… —le ruego a mi amiga.

—De ninguna manera. Yo no doy malas noticias. Dile tú misma si quieres —contesta Pachuli y empieza a buscarme algo de vestir en el armario. Yo me saco la bata y la dejo hacer lo suyo. Sería por gusto tratar de combatirla. Aparte que en verdad que sí quiero ver a Lorenzo.

Entre Pachuli y yo hacemos lo posible para ponerme presentable en poco tiempo. Luego vamos a saludar al Chumbeque a la sala.

—Hola Chum… Lorenzo —digo y me voy directo a abrazarlo y plantarle un beso en la mejilla como para disimular lo más pronto posible las palabras que por poco asomaron de mi boca.

—¿Chum? —pregunta él. *¡Mierda! ¿Y ahora?*

—¿Chum? —presento la defensa del eco que no sabe nada.

—Lo que dijiste antes… —insiste.

—Achus, querras decir… que te estaba saludando y estornudé un piquín… ¿eso? *Holachus*, creo que salió al final…

—Será… —concede él. Deja el tema en paz. Miro a Pachuli y me hace una mueca de alivio. *Casi, casi la cago*, pienso.

—¿Y qué haces? —pregunto todavía atontada por la escena anterior y en eso me veo en el espejo y me doy cuenta de que mi cara está surcada de rayas causadas por horas de estarla aplastando sobre la almohada. *Mierda* (de nuevo).

Chumbeque se da cuenta de lo que está sucediendo y se coloca delante del espejo para que yo deje de asustarme con mi reflejo. Se lo agradezco de corazón. ¡Es muy galante, muy chapado a la antigua en sus detalles! Por mi parte, creo que mejor me acostumbro a decirle Lorenzo o voy a meter las cuatro pero ya.

—¿Yo? —contesta y se pone todavía más cerca del espejo. Ha notado que sigo tratando de ver qué tan mal aparezco y me quiere proteger a toda costa. ¡Si seremos unas masoquistas las mujeres! Por vanidosas y presumidas nos torturamos tratando de fingir ser lo que no somos cuando al hombre lo que le gusta es una mujer real. Bueno, al menos eso era lo que Rodrigo decía—. Vine a ver si te puedo sacar a dar una vuelta.

—¿Como a un perrito? —contesto y me asombro de lo suelta que está mi lengua. Es como si el filtro se hubiese quedado debajo del sombrero del vaquero.

Lorenzo se asombra de mi ¿malcriadez?, pero igual no se deja amedrentar.

—Como a una amiga —contesta sin dejarme ver que lo he tomado de sorpresa con mi petulancia—. Me parece que el otro día no llegaste a disfrutar bien la clase de *cold yoga* y quería ver si tal vez podemos hacer algo diferente. Ya ves que ni te pregunté si querías hacer ejercicio, sólo supuse que estaría bien, y como yo quería hacerlo y estaba entusiasmado de verte, no se me ocurrió… pues…

—Ya, no te mates —interviene Pachuli—. A veces Belén igual no sabe lo que quiere. Mira, te propongo algo: me la llevo a la Belenshhh a ponerse toda *nice* y despertarse del ensueño de verte y luego te la entrego preshooooshaaaa, con lazo y todo —antes de que Lorenzo termine de asentir, mi amiga me empuja hacia mi cuarto y cierra la puerta.

Sin decir una sola palabra, Pachuli me desnuda misma encomienda forrada en papel Kraft y me mete a la ducha. El agua tibia me alivia el dolor de cabeza y la modorra de marmota que vengo cargando el día entero. No me provoca tanto salir con Lorenzo en este instante y trato de buscar excusas en mi mente, pero Pachuli ya está ochenta pasos delante de mí y de solo ver su rostro de hacendado preparando su mejor caballo me callo todo lo que quiero decir y la dejo hacer a su antojo.

En cámara acelerada Pachuli salta de un paso a otro de mi preparación con una precisión tal que creo que debo nombrarla gerente general de la campaña para ponerle a Belén Cuevas un nuevo anillo de compromiso. Trato de dejarla concentrarse en la tarea del momento: exfoliación de la piel, aceite de almendras en el cabello, piedra pómez para los callos, un vestido cómodo para el calor de la noche, maquillaje, peinado, uñas cortadas y pintadas, ropa interior que pueda ser expuesta al público, sandalias sexis de taco mediano. Sin querer, me voy envolviendo en su fantasía, dejándome llevar. Si hasta a ratos puedo sentir a Rodrigo alejándose. Así no quiera, tengo que encarar el futuro sin él y probablemente con otro. Siempre escucho que las mujeres no necesitamos a un hombre para sobrevivir, que cada una de nosotras somos todo lo que requerimos. Estoy de acuerdo… hasta cierto punto. La verdad es que a mí sí me hace falta la compañía de alguien que me quiera y me atienda.

Pachuli termina, se detiene y me mira.

—A veces hay que hacer torta de bodas con los ingredientes que encuentres en el garaje —dice mientras me inspecciona de popa a proa y de levante a ocaso, ocasionalmente deteniéndose en algún detalle para asegurarse de que todo está en su sitio. Me está haciendo acordar de esa película erótica con título de vocal, ¿A? ¿o tal vez E? ¡Es O! *La historia de O.* La media vi con Rodrigo una noche que estábamos un poco picados y él quería explorar nuevas maneras de excitarnos sexualmente. Me puse tan pero tan alterada, casi diría frenética por la manera en que exploté y le dije su vida, que nunca más sugirió nada por el estilo.

Pachuli chasquca los dedos frente a mis ojos y regreso a la realidad. Me miro al espejo, paso mis manos por mi cabello, por mi cuerpo, por mis piernas, me siento preciosa, apruebo con la cabeza. Mi amiga sonríe y sin decir nada me toma de la mano y me lleva de regreso a Lorenzo. Él se deleita en lo que tiene frente a sí. El círculo se cierra con un clic.

Lorenzo me invita a comer en un restaurante de mariscos. Me encanta la idea. Me pongo incluso más contenta cuando nos dan una mesa en la terraza. La noche está perfecta: tibia, con un viento que acaricia sin cesar y un cielo estrellado que nos toma fotografías desde el infinito. Chumbeque me cuenta sus historias de bombero y yo me imagino cada cosa que dice como si estuviera sucediendo en este instante. Me estremece pensar que existan personas como él, que arriesgan su vida todos los días por el bien de otros. *¡Qué valiente!*, me digo y sin querer dejo salir un suspiro que cae despacito sobre el mantel de hule de la mesa.

—Debes estar con hambre —dice Lorenzo para borrar con sus palabras lo que yo acabo de dejar caer. Me distrae. Con sus dedos hace unos círculos sobre los cuadritos amarillos del mantel. Lo sigo con la mirada. Noto que mis manos están al otro lado de su travesía, como un continente que espera a ser descubierto. Quiero moverlas fuera de su alcance pero algo me detiene. *¿Eres tú, Rodrigo, tratando de guiarme?*

—En verdad que sí —digo. Sus manos ya están casi encima de las mías. Tiemblo.

El mesero corta el momento. Coloca una bandeja con mariscos variados. Langostinos, ostras, camarones, pulpo, conchitas. Todo se ve delicioso y en su punto. Nos sirve también unas copas grandes de vino tinto.

Me encanta la escena.

Me dejo sumergir en la escena.

Me dejo envolver del todo por la escena.

Me permito ser un personaje en la escena.

Al final de la comida me veo enganchada en la marea alta que es Lorenzo. Me invita a su casa y ni siquiera lo dudo cuando le digo que sí. Un revolcón en sus olas es lo que me apetece. Juraría que el corto viaje del restaurante a su casa en lugar de ponerme más y más nerviosa me ayuda a sentirme más y más relajada.

Lorenzo abre la puerta y me deja pasar. El aroma de hombre que saluda desde la entrada me ciñe con fuerza, me enloquece. Lo deseo. Puede que no haya sentido esa emoción por un tiempo bastante largo, pero es definitivamente eso: lujuria, pecado, carne contra carne. Mi apetito ha despertado y lo que quiero en este instante es un Chumbeque.

Me desnuda con la mirada y siento mis piernas temblar. Lentamente empieza a simular desnudarme de verdad y todo mi cuerpo convulsiona en deseo, en ardor, en fuego que nace de mis entrañas y me consume. Es como si estuviera hipnotizada, transfigurada por la situación. Quiero entregarme, quiero olvidarme de Rodrigo.

Las feromonas saltan, sacan chispas en la oscuridad del pasillo. La respiración entrecortada, los cuerpos acercándose, las manos examinando con voracidad, saltando de una base a otra sea como sea, comiéndonos a besos mientras nuestros cuerpos se conocen en la intimidad. Damos volteretas por la pared acariciándonos, desprendiéndonos de nuestras prendas. Mi vida pasada va quedando en montículos que voluntariamente dejo atrás.

Sin saber qué camino hemos seguido, me encuentro sobre su cubrecama, en parte bajo su cuerpo, disfrutando con todo mi ser de las maniobras que él realiza desde mi cuello hasta mis piernas. Veo que él se encuentra con el torso desnudo. Siento sus brazos gigantescos paseándose por mis contornos y grito de alegría. Me alisto para tener relaciones íntimas por primera vez en tanto tiempo. No estoy asustada y eso me llena de dicha. Escucho un ruido cercano pero no le hago caso. Lorenzo enciende una luz que asemeja una vela, dice que es para poder verme y disfrutar también con eso. Él se pone de cuclillas sobre mí y al levantar la mirada noto por primera vez un espejo inmenso en el techo. Cómplices, sonreímos. Chumbeque se acerca con lentitud, mide sus movimientos, los adapta a mis respuestas. Escucho un crujir, un *crac crac* sutil, pero me olvido cuando empiezo a sentir la inmensidad de Lorenzo rozándome. Me encuentro en un estado maravilloso, flotando en un mar de sensaciones descomunales que me despiertan a un nivel de intimidad y felicidad que creía olvidados.

Lorenzo no se detiene por nada, continúa en su afán de probarme Yo ya casi no me puedo contener. El ruido de vidrio machacado aumenta, pero lo hago a un costado. No quiero perderme de nada de lo que está ocurriendo. Escucho mi respiración, siento mis latidos, el sudor brota en simultáneo en toda mi piel, de mi garganta se escapan unos chilliditos.

De pronto un estallido crujiente, una explosión vidriada, un estruendo de esquirlas de cristales cayendo como puñales desde el techo y en el centro de todo eso la sorpresa de la noche: un Socorro completamente desnudo y erecto aterrizando sobre el colchón, entre nuestros cuerpos ahora traumatizados.

No digo una sola palabra y semidesnuda salgo de allí lo más rápido posible. Lorenzo ni siquiera intenta seguirme, tratar de explicarse. Me termino de vestir afuera, me trato de sostener contra los arbustos mientras me cubro deprisa y llamo a un taxi al que le doy el encuentro en la siguiente esquina. No puedo quedarme cerca de donde están ellos, seguro que riéndose de mí. No puedo. Siento unas náuseas tremendas.

Para mí no existe una buena manera de entender lo que acaba de suceder, así que mientras recorro el infeliz camino de regreso a casa en un Uber pequeñito que avanza demasiado despacio y apesta a comino, culantro y azafrán decido que como sea Pachuli me ayudará a salir del infierno mental en el que estoy sujetada en contra de mi voluntad con imperdibles gigantes.

¿Qué fue eso? ¿Cómo se explica la presencia de Socorro el bombero en algo que debió ser muy íntimo para Lorenzo y más aún para mí? Tengo una contusión espiritual, una herida en el alma de la cual será difícil sanar.

Pachuli me espera en la puerta. Es como si supiera que algo está mal. Su rostro tiene un rictus de seriedad que pocas veces le he visto. Tiene puesta una capa de alpaca, es roja con motivos andinos. La lluvia cae sobre ella sin inmutarla. Tiene la mirada fija en mí.

Camino despacio, cansada, se me han muerto las ganas. Ya ni quiero tratar. Al llegar a sus brazos me sobreviene la fatiga y me rindo en su envoltura de madre, de amiga, de sabiduría. El escozor de los ojos deja de proteger el caudal de la sal que se revuelve intranquila en mis cuencas, todo sale, la furia, la decepción, la ira, la desilusión, la rabia, el desengaño. Todo. Pachuli me abraza, me cubre de besos y caricias, me arropa con su manta, me lleva para adentro. Rayos coléricos empiezan a quemar la tierra que nos circunda. Truenos los siguen violentos, escandalosos. Nunca he visto ni sentido nada así. Me oprimo contra mi amiga. Me dejo querer por ella.

Pachuli es la primera en notar los cortes en mi cuerpo. Estoy sangrando de múltiples heridas, pedacitos de vidrio se distinguen sobre todo en mi rostro y mis brazos. Ella corre a buscar el botiquín de primeros auxilios. Cuando regresa trae también una copa de *brandy* para mí. Empieza a curarme. Veo que su mano tiembla.

—No es lo que tú crees… —susurro. Mi amiga me mira. No puedo decidir si está sulfurada o triste. Tal vez es un poco de cada extremo—. Bueno, no es exactamente lo que tú crees. Tengo algo que contarte…

—¡Voy a matar a Lorenzo! —murmura de pronto mientras con una pinza extrae con cuidado los vidrios que han quedado clavados en mi piel—. No sé qué ha pasado, pero ahorita me estoy imaginando lo peor… Y de solo pensarlo, quiero estrangularlo con mis propias manos.

—No es lo que tú piensas… —repito y me crispo al pensar que cualquiera que me escucha pensaría que estoy defendiendo a Lorenzo.

Pachuli detiene lo que está haciendo, tira con fuerza sobre la mesa la pinza, la botella de agua oxigenada y los algodones haciendo que todo se caiga sobre las losetas.

—¡Entonces… dime! —empieza a lagrimear mientras recoge las cosas.

—Creo que vamos a necesitar la botella de trago entera —trato de calmarla.

En silencio Pachuli se dirige al barcito. Regresa con la botella de *brandy* y otro copón para ella. Me mira y al verme un poco más tranquila se sirve y bebe un trago.

—¿Qué te hizo Lorenzo? —pregunta. Ha tomado la actitud de madre calmada para que yo me anime a decirle lo que ha sucedido.

Tomo un sorbo de *brandy* y se lo digo. Le cuento todo. Ella calla mientras expongo cada uno de los hechos paso a paso: qué hicimos, qué no hicimos, qué prendas llevábamos puestas, qué prendas habían caído por el camino, cómo me sentía con cada uno de los avances de Lorenzo sobre mi cuerpo, hasta dónde estaba dispuesta a llegar. Todo, sin dejar ningún detalle fuera de la historia, todo. Pachuli escucha tranquila. Ha decidido dar su veredicto más tarde. Para cuando llego a la parte en la que el enano cae del techo a la cama las dos hemos tomado buena cantidad y empezamos a ver la situación de una manera que podría tildarse de cómica.

—Entonces, ¿qué crees que pasó? —pregunto tratando de cerrar el caso. A veces poner una etiqueta sobre algo traumático puede aliviar la vergüenza de quien no tiene culpa.

—Lorenzo siempre está con Socorro, ¿no?

—Bueno, sí, cada vez que hemos estado juntos lo he visto. A lo mejor no era una coincidencia, ¿no?

—¡Exacto! ¡Capaz que son "asunto" esos dos!

—¿Pareja dices? ¿Y entonces para qué quiso salir conmigo?

Nos quedamos pensando. Pachuli prepara un pito de marihuana, lo enciende, da una calada y me lo pasa. El humo espeso dibuja columnas y círculos frente a nosotras. Los tratamos de desdibujar con los dedos, convertirlos infructuosamente en otras figuras.

—¿Alguna vez has escuchado hablar del voyerismo? —pregunta Pachuli. Pienso que está hablando de algún deporte marítimo...

—¿Algo de boyas? ¿Algo del mar? ¿Un deporte o algo así? —respondo con la inocencia de quien no sabe de qué está hablando pero se tira al ruedo igual, sonrisa Kolynos de ganadora a punto de ser pinchada por la realidad.

—¡Mujer! ¡Tú no eres virgen de milagro nomás! Es del francés *voyeur* que significa "mirón". Un voyerista es alguien que le gusta espiar, sobre todo a gente que está... "haciéndolo" pues... —explica y empieza a delinear una sonrisa de... ¿satisfacción...? ¿excitación...? ¿desfachatez...? Algo como si de repente lo sucedido no fuera tan terrible dentro de ese contexto—. ¡Claro, pues! ¡Tiene que ser! Lorenzo tiene algún enredo con Socorro en donde el placer sexual viene de que Chumbeque lo haga con una mujer y el enano mire todo a escondidas...

—Me muiiiiiroooooo. ¡Qué asquete! ¡Me quiero morir! ¡Entonces me han usado! —respondo tratando de aceptar la teoría de mi amiga—. Misma modelito de *Playboy* en almanaque de grifo de la sierra…

Pachuli me mira y asiente.

Pero entonces una idea aún más deplorable se despliega en mi mente:

—Y tú crees que después… ellos… o sea, que ellos… —trato de explicar con gestos un encuentro sexual entre ese par. Las palabras no me salen, se quedan ahogadas en mi lengua.

Pachuli me mira y asiente.

—No creo que nunca más pueda salir con alguien después de esto —determino mientras me sirvo lo último de *brandy* que queda en la botella.

—Tienes que perdonar —dice Pachuli bastante segura de sí misma. Yo siento de nuevo la tremenda confusión de los cristales cayendo en la cama de Lorenzo junto con el enano. El dolor me atraviesa. Me levanto para irme a mi cuarto. No le quiero discutir pero tampoco le voy a prometer que haré lo que me pide—. ¡Escúchame! —insiste y me jala de la mano—. Mira: Yo he aprendido que en este mundo no hay perfección en el ser humano. Con tres maridos de por medio, también te puedo decir que hay incluso menos perfección en los hombres.

Su pequeño discursito me suena a uno de esos lugares comunes que diría algún "capitán obvio". Sólo le falta decir *"errar es humano, perdonar es divino"*. ¡¡¡Urgggg!!! No estoy de humor para los clichés. Lo que sí sé es que me entra el indio y siento un deseo grandioso de contradecirla:

—Rodrigo era bastante perfecto —señalo y me levanto para empezar a marcharme. Quiero que lo último que se diga esa noche tenga sabor a verdadero amor.

—Bueno, Rodrigo no era un pervertido… Pero, dime: ¿Rodrigo siempre te decía la verdad? —Pachuli aprieta el tema, no me deja salir vencedora de allí. ¡La puta que la parió! (perdón tía Sunny Marie por lo que te toca, bien sabemos que no eras puta).

—"Siempre" es una palabra demasiado vaga, demasiado amplia… —Me dejo caer en el sofá de nuevo y contesto cuidadosamente para no caer en su trampa.

—Y al mismo tiempo tan precisa… Me explico mejor o si no te vas a enredar con tus propias babas. Solamente existen dos tipos de personas: aquellos que te muestran la verdad acerca de ellos y los que prefieren esconder quienes son en realidad. Y mientras más tratan de ocultar su realidad, más crece la mentira… y más se aleja el perdón.

Lo pienso un momento y decido compartir con Pachuli un secreto que he guardado por años.

—Rodrigo… a veces… unas cuantas veces… dos veces, para ser más precisa… bueno, él cuando tomaba se le subía lo macho y se le daba por ponerse faldero y… —Siento que sudo como una condenada, no tengo por dónde expeler la energía nerviosa y empiezo a tamborilear nerviosamente mis dedos contra el copón de vidrio—. Lo cierto es que me sacó la vuelta, por lo menos dos veces… que yo sepa…

Pachuli enmudece, hace una mueca gigantesca de desconcierto. Estoy segura de que tenía a Rodrigo en el mismo pedestal en donde yo siempre lo he mantenido y esto la ha sacado por completo del programa.

—Pero… tú… ¿tú lo perdonaste? —pregunta por fin cuando sale de su alelamiento.

—Tienes que entender que Rodrigo lo era todo para mí.

—¿Lo perdonaste entonces?

Dudo. No quiero seguir dejándole ver la parte fea de mi pareja de tanto tiempo. Develar los secretos cambia para siempre la manera en que otros te perciben. Habrá sido el pecado de Rodrigo, pero soy yo quien tiene que cargar con la vergüenza de lo que me hizo. Igual Pachuli no me va a permitir dejar esto en suspenso. Estoy jodida por angas o por mangas. Hablaré pues:

—La primera vez fue antes de casarnos. Cancelé la boda. Y claro, luego me enamoró de nuevo, me convenció y sí llegamos a casarnos. La segunda vez, quemé su carro y luego lo boté de la casa. Cuando regresó todo arrepentido una y otra vez a rogarme que lo perdonara, que no podía vivir sin mí, y se dedicó a cortejarme a la antigua, como que poco a poco fui cayendo en sus brazos y, cuando me di cuenta, ya éramos pareja de nuevo.

—Viste: Estamos hechos para perdonar, pero solo si nos dicen la verdad.

Su reacción neutral en lugar de consolarme me hace sentir peor. Necesito que esté de mi lado y aparte que ¿cómo sabe que lo perdoné en serio en serio? Tal vez todavía tengo una herida por allí que nunca, ni con todo el amor del mundo por parte de mi esposo, supo sanarse.

—¡Te equivocas al comparar a Lorenzo con Rodrigo! En este caso nadie me pidió permiso. Nadie me dijo la verdad. No puedo perdonar. —Me levanto y le contesto. Me desilusiona que ella no sienta como yo la necesidad de desagravio. Luego me alejo de allí y sin dejarle decir nada más me encierro en mi cuarto.

Cuando despierto tengo ya decididas varias cosas. Quiero dejar toda esta porquería atrás, no pensar nunca más en este incidente, y más bien dedicarme a mi objetivo principal: educarme para hacer carrera en alguna profesión que me guste. Estoy aquí por un periodo corto y tengo que aprovecharlo.

—Me gustaría regresar a la universidad y ver si encontramos algo que me gusta —expongo con firmeza apenas veo entrar a Pachuli a la cocina.

Ella se detiene, me hace un gesto de frenar y lo acompaña con un sonidito.

—¿Y perdonar?

—¿Olvidar cuenta?

—Nunca vas a olvidar. No te mientas.

—Bueno, tomar la lección y dejar lo ocurrido atrás. ¿Qué tal?

—Creo que funciona. Con tal de que te des permiso para tratar de nuevo…

—¡Eso estoy haciendo!

—Sabes que no me refiero al tema de la carrera sino al tema de no descartar algún día encontrar una pareja que te haga tan feliz como cuando Rodrigo estaba presente.

—Ay, mi amigüis querida…. estás picando demasiado alto… Nadie nunca será Rodrigo… Mejor hablemos de lo que quiero estudiar…

—¿Entonces lo de trabajar en emergencia o en los servicios de primeros auxilios…?

—Ummm… No. Eso queda descartado —le digo y sin esperar a que me invite, salgo de la casa, me acomodo en el asiento de pasajero del carro de Pachuli y espero tranquila a que se aparezca para ir juntas a la universidad. Yo no sé por qué me dejé enredar con el tema de salir con alguien, tampoco entiendo para qué me dejé llevar por la ilusión de encontrar un nuevo amor, pero ya entendí que lo que tengo que hacer es lo opuesto de lo que estoy haciendo, que si permanezco frágil y ligera el viento me levantará como si nada y me llevará a lugares que no quiero. ¡No! ¡De ahora en adelante, la que manda aquí soy yo!

El viaje al campus es tranquilo, apacible. Todo se siente mejor cuando las dudas se disipan, el plan se dibuja en tu mente y la paz te inunda. El malestar se quiere asomar cuando pasamos cerca de la estación de bomberos, pero Pachuli se encarga de distraerme con música caribeña que rápidamente se convierte en una bailada de la cintura para arriba.

Llegamos y lo primero que hacemos es pasar por la cafetería. A Pachuli le encanta ese sitio porque en una sola sentada se encuentra con sus colegas y estudiantes. A mí me gusta porque está rodeado de naturaleza y a pesar de los amplios ventanales que separan el adentro del afuera se puede sentir la brisa deambulando entre las mesas y el sol besándote la frente.

Escogemos una mesa del medio y Pachuli se va a conseguirnos café. Ya la conozco: seguro que se demora porque va a cotorrear con quien se encuentre de camino a la máquina de café y de regreso a nuestra mesa. No me importa porque también tengo un pendiente importante.

Le marco a mi hermano y mientras espero que entre la llamada empiezo a pensar que si a ese lugar le pusieran hamacas yo creo que se convertiría en un café de donde nunca querría salir porque sería como un útero cálido y protector, un refugio maravilloso de cualquier pena. Suspiro. Israel contesta.

—Belén, ¿qué cuentas, hermanita? Por aquí todo bien con los chicos. No tienes de qué preocuparte.

—¡Qué bueno! Me encanta que puedan pasar un tiempo con ustedes. Creo que los tenía muy encerrados.

—No te lo voy a discutir. En verdad que se aislaron mucho después de lo de Rodrigo y en verdad que a todos ustedes les hace bien despercudirse un poco, tomar un airecito por otro lado.

—El daño que les puedo haber hecho si los mantenía así, envueltos en burbujas como si fueran figurines… ¡Gracias a Dios que apareció Pachuli para sacarme de esa obcecación!

—¡Y que yo te di la mano!

—¡Claro Israel! Si no fuera por ti, no me hubiera atrevido a dejar a los mellizos y venirme por tanto tiempo. Ya sé que estoy llamando a deshora pero me provocaba escuchar tu voz…

—¿Pasa algo, Belén?

—No, nada. Es que estoy extrañándolos un poco. ¿Seguro que los mellizos están bien?

—Están divirtiéndose de lo lindo conmigo. Los llevo a hacer cosas de "hombres". Tenemos para rato. Aparte que ellos están felices de verte contenta. ¿Hago que te llamen a la hora de siempre?

—Sí, sí. Saludos para ustedes. Hablamos pronto.

Pachuli ha escuchado la colita de la conversación. Sonríe aprobadora. Ella sabe que a veces puedo ser la persona más frágil del mundo y a veces la más fuerte. Hoy no estoy segura de cuál soy. ¿Tal vez las dos?

—¿Todo bien con Izzy?

—¿Izzy? —pregunto y de pronto el recuerdo me cae de sopetón—: ¡Tú eres la única que lo llamabas así! Ay, Pachuli, ¡tú siempre con los apodos! ¡Ya me había olvidado! Sí, todo bien, un poco que quería escuchar una voz de hombre que no esté de complot en contra de mí… —lloriqueo un poco y hago un puchero.

Pachuli me entrega el café y extiende su mano sobre la mía.

—Qué exagerada que eres Belén… nadie está confabulando nada… ¡Tuviste mala suerte y ya! ¡Échale tierra que no estamos para perder el tiempo dándole vueltas a ese tema!

—Bueno, ya, le echo tierra —contesto sin estar muy segura de lo que estoy prometiendo. Lo mío es seguir en el drama hasta hacerme una herida inmensa y Pachuli me está empujando a pasar página casi sin jalar la primera costra. Luego me acuerdo de lo que decidí al despertarme y le tengo que dar la razón a mi amiga: o voy para adelante o voy para atrás, pero no puedo hacer las dos cosas al mismo tiempo—. Vamos a lo del catálogo de clases —propongo y me felicito mentalmente por escoger el camino que más me conviene.

—Vamos —dice Pachuli y dando una palmadita sobre la mesa se levanta. Yo la sigo. ¡Cómo me gustaría tener su aplomo! Es como si en toda situación tuviera la seguridad de saber para dónde ir.

Mientras la sigo me acuerdo de una vez en el colegio, cuando vimos que un chico mayor que nosotras le sacaba la chochoca a un chiquillo flaquito en el callejón que quedaba detrás de las aulas. Yo no quería hacer nada, temía que si decíamos algo las próximas en terminar con moretones en todo el cuerpo seríamos nosotras. El grande era conocido como Torquemada, en alusión al cruel inquisidor de las épocas coloniales. Nadie se quería meter con Torquemada. Pero Pachuli sí. Para ella era más importante denunciar la violencia de la que fuimos testigos que orinarse en los pantalones, como el resto de nosotros. Así que a rastras me fue llevando hasta la oficina del director para ofrecer nuestra versión. Para colmo de males, tuvimos que repetir varias veces lo que vimos; primero con empleados del colegio, luego con padres de familia y al final con el mismo Torquemada. Por supuesto que quedamos reinas cuando lo expulsaron a Torquemada y nos libramos de ese sádico. De allí en adelante, nunca dudé de la intuición y la sabiduría de Pachuli.

—Bueno, empecemos de nuevo, pero esta vez tú comandas tu propio bote —dice y entrando a su oficina, enciende su computador y busca el catálogo de clases—. Ven, siéntate a mi lado para que puedas leer conmigo.

Jalo una silla y me pongo a revisar las oportunidades de clases. Me siento exhausta con sólo mirar las listas con nombres de cursos y títulos posibles que a mí no me suenan a nada conocido. Me entra el temor.

—¿Crees que ya se me pasó el tren de las cinco? —le pregunto a Pachuli. Después de todo, tenemos la misma edad y ella sabe de qué va todo esto de tratar de empezar una carrera décadas más tarde de lo normal.

—¿Tú crees que eres la única persona en este mundo empezando de nuevo?

—Sé que no, pero así es como me siento y de pronto pienso que hay un momento para todo y por algo los chicos estudian jóvenes, cuando pueden.

—Por Dios, Belén, déjate de excusas y tonterías. Aquí tiene que haber algo que es para ti.

—¿Tal vez algo donde tenga que tratar con gente?

—Eso es un poco amplio. En cualquier profesión tendrías que tratar con gente.

—Bueno, ayúdame, pues.

—¿Te gustaría estar en una oficina o en la calle?

—Creo que preferiría poder ir de un sitio a otro, con más libertad que estar todo el día en el mismo sitio y tener que marcar tarjeta.

—Listo. Vamos avanzando. ¿Qué más? ¿Algo que sea de estudiar muchísimo o algo que aprendes de los libros pero más de la experiencia?

—Me gustaría algo que sea hacer más que pensar…

—¡Vamos reduciendo la lista para quedarnos con lo que más te interesaría! —dice mientras sigue cliqueando en el computador—. ¿Y cómo ves estar de fiesta todo el tiempo?

—¡No jodas! ¡Me encantaría!

Pachuli se levanta, se coloca frente a mí, pone sus manos sobre mis hombros y declara:

—Lo tengo: Organización de Eventos. Puedes empezar con cursillos y luego lanzarte al ruedo y estudiar la carrera de Administración de Eventos. ¡Si hasta puedes poner tu propia empresa!

Me siento deslumbrada por las palabras de Pachuli. Ya puedo verme organizando las fiestas más lindas en palacios y jardines colgantes, recibiendo en persona a presidentes y jeques, viajando en mi avión privado. Toda una *jet-setter*, yo.

Pachuli me ve con los ojos blanqueando de la emoción y de un cocacho me trae de regreso a tierra.

—Puedes inscribirte para arrancar ya. Justo empieza un grupo este diplomado que se dicta en la facultad de Ciencias de la Comunicación y se titula Protocolo y Organización de Eventos. Si no lo terminas mientras estás aquí, igual puedes seguirlo como educación a distancia.

—Me parece genial.

—Eso sí, quiero que te metas esto en la cabeza: la mayoría de las personas piensa que es difícil empezar algo. Empezar es fácil. Lo difícil es terminar. Aferrarte a tu visión de lo que significa llegar a la meta para ti cuando tienes vientos huracanados destruyendo todo, allí es donde la verdadera prueba viene… Y si puedes seguir y llegar a alcanzar tu objetivo, entonces sí que te mereces ser la primera en ver salir el sol.

Asiento. En serio quiero con todo mi ser merecerme ese título. Por primera vez en mi vida deseo ser algo fuera de esposa, mamá, hija, hermana o amiga.

Las clases empiezan y yo me tiro con todo a la piscina. Me encanta ir a la universidad. ¿Cómo me puedo haber perdido de todo esto cuando era chica? Este lugar es para mí. O tal vez es que todo parece regalo cuando has pasado por tanta mierda. Subo los escalones que me llevan al edificio de Comunicaciones. Hasta decir eso suena interesante. Comunicaciones. Es bohemio el ambiente aquí. A veces me puedo sentir un poco fuera de sitio con tanta chiquillada alrededor. Pero hoy no. Hoy siento el caudal de lo que puede ser. Yo, Belén Pastor de Cuevas, estudiando para sacar un diplomado, el primer paso a una vida en donde yo decido.

Llego la primera al aula. Me gusta practicar la puntualidad. Para organizar eventos, o cualquier otra cosa, hay que prestar atención al detalle y para ello ser puntual es como el primer ladrillo de una edificación sólida. Yo soy mi marca personal, como acabo de aprender. Y quiero que mi *brand* sea la mejor.

El salón empieza a llenarse. Juventud teléfono en mano. Ya ni se hablan entre ellos. Sonaré a mayorcita, pero prefiero hablar frente a frente. Lo bueno es que no soy la única "antigua" en la clase. Tengo tres compañeros contemporáneos.

Roxanna se sienta a mi derecha, coloca un chupete de fresa sobre mi carpeta y sonríe. Está a dieta y lo único que la mantiene tranquila es andar con un chupete en la boca, *fijación oral*, dice ella. A mí me hace recordar a ese personaje de la tele, Kojak, que usaba los chupetes para tratar de dejar de fumar. Llega Yenny y se sienta adelante. Nos cuenta que está nerviosa porque no ha terminado la tarea. Al rato se sienta Mark a mi izquierda. Trae siempre una talega de optimismo consigo. Él es pura energía positiva, irradia osadía y fortaleza. Todos deberíamos tener un Mark en nuestras vidas.

El profesor entra y cierra la puerta. La clase empieza. Enciendo mi grabadora, entrelazo mis manos debajo de mi barbilla y mirándolo fijamente empiezo a absorber todo lo que dice. Cada palabra emana de su boca como si las pronunciara únicamente para mí. Enredo mi lengua en el chupete y me concentro en sus labios: su enunciación es tan perfecta que con cada exposición me recorre una electricidad inesperada. Me veo de pronto en sus ejemplos. Viajo en el tiempo, me puedo ver haciendo lo que él está diciendo. Quiero ser la persona que él describe. Estoy flechada por esta sensación.

El profesor termina su presentación del día. Apago mi grabadora y me quedo pensando. Quiero hablarle. Trato de encontrar una excusa para acercarme. No quiero ser una más en la clase. Tengo que sobresalir. Necesito que se percate de mi presencia. Recojo mis materiales, camino hasta el grupito que lo circunda. Mientras los alumnos a su alrededor van desapareciendo, yo voy creando una estrategia, un por qué estoy parada allí como una idiota.

Por fin llega mi turno. Cuando lo observo de cerca me parece incluso más guapo, pero no en el sentido de modelo de la tele sino de ese *no sé qué* que algunas personas tienen y es imposible poner en palabras. Me empiezo a sentir incómoda por mi temeridad, la valentía se escabulle por la suela de mis zapatos. Lo que queda frente a él es un rostro que indica pánico en su forma más pura, misma niña gordita cuando su mamá la encuentra dentro del armario comiéndose una bandeja de galletas.

—Dime —dice. Me congelo frente a él. Sus labios son realmente fascinantes. Forman un corazón. Tiene hoyuelos a ambos lados de la cara.

—Es que… ummm… quería que me explicara un poco más acerca de los perfiles… de ahhhh… —siento las palabras salir de mi boca y me imagino que estará pensando que no tengo remedio, ni siquiera me puedo expresar.

—¿Perfiles institucionales? —dice y dibuja la sonrisa más varonil que he visto en mi vida.

Asiento. Quisiera irme pero estoy como una estatua, con los zapatos pegados al suelo. Bajo la vista, busco alguna otra cosa que decir. Lo único que encuentro es que me gusta el diseño de las baldosas.

—¿Y bien? —continúa como si no notase que por dentro me he vuelto de hielo y tiemblo—. ¿Algo en particular que quieras conversar? Tengo tiempo ahora. Podemos ir a la cafetería, si no te importa acompañarme a un café.

¡Claro que no me importa!, grito delirante dentro de mí, pero no consigo sacar ni un sonido de mi garganta o mi lengua o mis labios, creo que también se han congelado. *¡Espera un momento!*, me digo cuando

caigo en la cuenta de lo que estoy haciendo. *¿Es que no aprendes? No has venido a coquetear con el profe.* Dudo por un segundo, pero me doy carta blanca: *No estoy buscando ningún tipo de amorío. Quiero aprender más. Y si el profe está buenote, bueno, la materia se digiere mejor.*

—Me parece bien —respondo con actitud de alumna chancona y me dirijo hacia la puerta. En el pasillo me encuentro con Roxanna, Yenny y Mark que me hacen todo tipo de gestos de aprobación.

Pachuli se emociona cuando le cuento lo del profe en la cafetería con mucha azúcar. Igual que yo, se olvida que hemos jurado que me dedicaría únicamente al estudio. Sospecho que así es la vida para la mayoría de los seres humanos, es difícil quedarse contenta con sólo una porción de lo que el mundo tiene para ofrecer cuando tienes la posibilidad de probar otras cosas.

—Kalet Joubert es un profesor brillante. Estoy feliz que te haya tocado clase con él. Vas a aprender mucho —me felicita Pachuli, aunque escucho por entre sus palabras un eco de vacilación que en ese instante decido dejar pasar—. Aparte que no molesta que sea tan…

—¿Guapo? —salto a contestar.

—Tiene sus cositas, sí… pero más que guapo (o como quieras llamarlo) es muy atractivo…

—Me gusta la manera como se expresa. Puedo escucharlo todo el día…

—¡Inteligencia! Eso es lo que hace que los alumnos giren a su alrededor. ¡Da gusto verlo en acción dando sus presentaciones!

—Como si cada palabra que dijera fuese perfecta dentro de la oración y el párrafo y el tema en general. ¿No te parece?

—Todo es preciso.

—¿Y los otros profesores lo admiran también?

Pachuli me mira, se entristece un poco.

—No, mujer… en la facultad no lo quieren mucho. Ya sabes, la envidia es la patrona de los mediocres. Lo aíslan bastante.

Me da pena que sea así, pero puedo entenderlo. No hay nada peor que una tira de incompetentes cuando se dan cuenta de que alguien con mayor valía les podría hacer quedar mal. Su única defensa es tratar de apagar la luz del que brilla.

De pronto siento que estar a su lado es incluso más interesante. Kalet es un repelente para los necios y un imán para los listos. Y yo me quiero ver rodeada de cabecitas pensantes. Aunque no creídas. Ni aburridas de tanta sabiduría. El justo balance es lo que busco. Así como Pachuli. O como Calvin y Klein. No tengo tiempo para perder en tonterías o frivolidades. Y este profesor puede ser un excelente puente entre lo que fui y lo que quiero ser.

—Bueno, no me importaría cargarle el maletín —me escucho decir y Pachuli me hace un gesto de interrogación—. Me refiero a que uno tiene que aprovechar lo que tiene delante. Es como si de pronto un mundo completo se está dibujando frente a mí. Fui feliz con Rodrigo, pero nunca pensé que estaría interesada en los estudios o en una carrera. Y ahora que veo de qué se trata, es como si hubiera encontrado un manantial del que no quiero dejar de beber.

—Y yo me siento tan orgullosa de ti. Mírate, ¡hablando de una profesión y de cómo llegar a metas! Si quieres cargarle el maletín al profe; *heck*, si quieres traerle el café todos los días… puedes hacer lo que pienses que debes hacer para lograr que derrame un poco de ese resplandor que lleva dentro sobre ti. ¿Aparte que a quién no le gusta tener una asistente gratis?

Asiento. Mi teléfono vibra dentro de la cartera. Lo saco y miro el número. No lo reconozco. Igual contesto.

—¿Belén? —escucho una voz varonil y enseguida lo sé: es él. Es Kalet Joubert. Me tapo la boca para no chillar de la emoción. Pachuli me hace un gesto de pregunta. Yo respondo poniendo el altavoz.

—Sí, soy yo —contesto haciéndome la idiota. Pachuli hace más gestos. Me distrae. Me hace reír. Me volteo para no verla.

—Hola. Es Kalet… Joubert… el profesor….

—¡Ah! ¡Sí! Buenas, ¿cómo está? —¿*Lo estoy tratando de usted?* Me muerdo los nudillos. No quiero joder estar oportunidad.

¿No estábamos ya tuteándonos? —responde él. Las orejas me hierven. Tal cual como si él me las estuviera jalando. ¡Realmente una se pierde de tanto cuando se casa y abandona el mundo!

—Sí, claro. ¿Cómo estás? —respondo tratando de dar marcha atrás. Pachuli enciende un pito de marihuana y sentada frente a mí está empecinada en relajarme con nubes de humo.

—Nada. Que me quedé pensando en nuestra conversación de temprano y quería ver si tenías otras preguntas o te puedo ayudar con algo… Ya ves que a veces los profesores dictamos como si todos entendieran todo lo que decimos y la verdad es que me hiciste pensar en que a veces es bueno darles contexto, una base un poco más sólida.

—Ummmm… Bueno, sí… Sobre todo para los que hemos estado de monjas de claustro tanto tiempo.

Escucho un silencio incómodo.

—¿Eras monja? —pregunta por fin.

—¿De claustro? ¡No! —contesto.

—¿Pero eras monja… aunque no de claustro?

Me doy cuenta de la confusión que he armado.

—¡Ah, no! No. No. Nunca he sido monja. Lo que quise decir es que algunos hemos estado fuera de circulación por demasiado tiempo y estamos como barquitos sin rumbo, como alelados por todo lo que desconocíamos, por todo lo que ha cambiado el mundo…

—Ya veo —replica pensativo—. Por lo mismo, me gustaría ofrecerme de lazarillo de Tormes.

No le contesto. No entiendo de qué está hablando.

—¿De guía…? —le escucho decir mientras Pachuli me hace un gesto de sorpresa por mi falta de cultura general.

—¿Seguro…? ¿No tendrás mejores cosas que hacer?

—Segurísimo. Me has hecho caer en cuenta de muchos detalles en los que no había pensado antes. Sería un buen intercambio.

—¿Intercambio? —pregunto todavía fastidiada por no haber captado la referencia anterior.

—Yo aprendo de ti y tú aprendes de mí —responde como si fuera clarísimo. Me calma la manera en que me habla: seguro de sí mismo sin ser un narciso o un cretino sabelotodo que aplasta en lugar de edificar. Kalet es el clásico inteligente que sabe que todos los días se puede aprender algo nuevo.

Me lo pienso por tres segundos, aunque uno hubiese sido suficiente.

—¡Me encantaría! Pero… ¿cómo puedo ayudar? —No me estoy haciendo la humilde, en verdad que no puedo ver lo que él ve en mí. ¡Vaya problema! Pachuli me hace un gesto cínico de "pobrecita tú", se levanta y se va. Voy a tener que cuadrarla luego y que me explique qué es lo que me estoy perdiendo acerca de mí misma que ella y el profesor Joubert pueden percibir tan bien.

Para cuando Pachuli regresa ya he colgado. Me encuentra con la mirada lejana (o tal vez los ojos virolos, no sabría decir ya que yo no lo veo). Le cuento que he quedado en acompañar al profesor al día siguiente a realizar unas entrevistas de campo en compañías del área.

—Es para escribir sus estudios de caso. Eso es lo que dijo —le explico.

—¿Y tú cstás como si nada hubiera pasado? —contesta y sentándose frente a mí acerca su silla hasta ponernos rodilla contra rodilla, luego me mira con esa intensidad que me atolondra, sobre todo cuando no estoy segura yo misma acerca de cómo me siento… ¿o cómo debo sentirme? ¡*Fucking* joda esta vida!

—¿Yo? ¿Cómo debería estar según tú? —le devuelvo la pregunta. No tanto por mortificarla sino porque sinceramente juzgo que nadie más que Pachuli puede tener la respuesta que busco. A veces pienso que ella es como mi espejo, pero su imagen, su ser, se encuentra en un tiempo un poco adelantado al mío; y por eso siempre está cuadras más allá, siempre con las nociones adecuadas, siempre con la astucia que a mí me falta.

—Vamos, que tienes derecho a sentirte entusiasmada… Bueno, *okay* no, tal vez no tanto, tampoco hay que darle tantos puntos a Kalet… pero siquiera un poquito contenta.

—Me gusta aprender, ya sabes… —replico sin decir nada trascendente. Prefiero dejar mis comentarios para cuando entienda el porqué de la oferta del profesor Joubert.

—Ajá, ahora lo vamos a llamar "aprender" —se ríe—. Como quieras, pero igual te felicito. A ver si por ósmosis terminas en el salón de la fama de tu profesión.

¿Ósmo qué? me quedo pensando. Tal vez no me conviene estar tan cerca de la llama, me voy a terminar quemando.

Too late, como diría mi amiga. Para cuando decido salirme del trato con el profesor la alarma suena y la viril voz ronca de tomador de café del *disc jockey* de la mañana me levanta. Me desperezo, el gato salta de la cama al suelo. Ya es de día. He estado peleándome conmigo misma toda la noche y ahora toca enfrentar la realidad.

A regañadientes camino hasta el cuarto de baño, enciendo la ducha, me miro en el espejo del botiquín: *Algo sabrá él que yo no sé*, me digo. *O tal vez quiere llevar a la alumna más tonta, a ver qué cosas digo*, me replico aterrorizada. Todo era más sencillo cuando se trataba de lidiar con personas comunes y corrientes, o por lo menos que no sientes que te estén evaluando.

Pachuli está esperando cerca a la puerta cuando por fin aparezco. Llevamos un retraso de diez minutos. Me he olvidado de explicarle que Kalet me viene a recoger. Estoy por decírselo cuando suena el timbre. Allí está él.

—¡Día de campo! —dice Pachuli sonriente y me coloca un sombrero de explorador bastante raído cuyas cintas extendiéndose bajo la barbilla culminan en un *look* desastroso. Pero antes de poder quitármelo, ella abre la puerta y quedo expuesta delante del profesor.

Saludo con una sonrisa. Él sonríe también sin decir nada. Y antes de poder cruzar palabra, mi amiga me empuja hacia afuera y cerrando la puerta con llave se despide de nosotros y se aleja canturreando. Pronto Pachuli está en su carro y nosotros seguimos en el umbral, mirándonos sin decir nada. Intento deshacerme del sombrero y él extiende sus manos para mantenerlo en su sitio.

—Déjalo. Es perfecto —dice convincente.

—Bueno, *okay*… tú sabes de este clima mejor que yo —contesto jugando con las cintas.

—¡Verdad! Pachuli me dijo que eres peruana.

¿Qué? ¿Que ha hablado con Pachuli? ¿Y qué más le ha dicho esa pendenciera? ¿Y qué le cuento yo si ella ya le dio todos los detalles?

—Sí. Estoy de visita… —Empiezo a bajar las gradas hasta su carro.

—El semestre, espero —dice Kalet y detecto un poco de ruego en sus palabras.

—Si todo va bien, así sería el plan —Me detengo, volteó y lo miro. No quería salir con él por miedo a una repetición de Lorenzo, pero si aquí estoy entonces sería mejor tomar un poco de control de la situación.

Kalet me devuelve la mirada con creces. Me empuja a retarlo. Nos dejamos llevar por ese misterio de los ojos habladores. Tanto se puede expresar con la vista. Reflejamos nuestras intenciones, nuestros deseos, nuestros temores. ¡Es una maravilla! No me canso. Sostenemos la conversación del alma por un buen rato.

Una camioneta nos despierta del ensueño con su bocina estridente. El chofer hace señas, parece que necesitan el espacio en donde el profesor se ha estacionado. Tenemos que dejar lo empezado atrás y correr al Fiat de Kalet. Mientras nos marchamos vemos bajar docenas y docenas de hombres de la tolva de la *pick up*, van armados con herramientas de jardinería. Por el día de la semana estimo que es el turno de hacerle la manicura y la pedicura al vecindario. A lo lejos se escuchan los motores de las máquinas de cortar el césped arrancando a sus quehaceres.

De camino a las citas Kalet me va explicando de qué se tratan esos estudios, lo que voy a presenciar y cómo me puede beneficiar. Me sumerjo en la extensa plenitud del futuro que generoso me va mostrando con vívida exactitud. En verdad que las profesiones en la actualidad no son tan limitantes como yo las recuerdo. Sino que más bien tienen cientos de hebras de las que uno puede tirar y formar su propio tejido de acuerdo con lo que le llama la atención, sus aptitudes y también la suerte... porque aquello de *El hombre propone y Dios dispone* todavía es bastante real, me parece a mí.

Disfruto como una adolescente en cada una de las visitas. Kalet me presenta como su "asistente" y yo me siento totalmente embelesada por su actitud hacia mí. Rodrigo me trataba como una reina, pero el profesor me incluye como si fuera su par y estuviera a su nivel. Nunca me había pasado algo así. Y debo confesar que me gusta saberme parte de algo en donde mis opiniones son escuchadas, analizadas, hasta consideradas. Quiero que mis hijos sean como Kalet cuando crezcan y tengan algún tipo de poder en este mundo, quiero que traten a todas las personas de esta manera, como si fueran únicos, originales, importantes.

Porque lo son. Todos lo somos, pero muchas veces no lo sabemos hasta que alguien se toma la molestia de mostrarnos.

—Nunca sabes de dónde vendrá la próxima gran idea. Tal vez sea de alguien como tú o como yo —dice Kalet pensativo mientras bajamos las escaleras de emergencia del edificio en donde acabamos de terminar la última reunión del día. Sus palabras retumban en las paredes vacías y los barandales metálicos que nos llevarán desde el piso veintidós al primer piso y a la salida. Al profesor le gusta incluir ejercicio como sea en sus días y me indica que esta es la manera de hacerlo hoy. A mí no me importa el agotamiento que me produce tratar de seguirlo caminando con tacones, podría escucharlo hablar el día entero y no me cansaría.

—Me gusta el trabajo de campo —digo—. Es como ver todo desde la parte de atrás del escenario o desde una diferente perspectiva a cuando te dan todo ya hechecito, empaquetado y presentado para consumo.

—Me encanta que hayas aprendido a observar las cosas con otros ojos, desde diferentes ángulos —contesta deteniéndose un instante para ofrecerme una mirada de aprobación.

—Es porque me diste el espacio para poder hacerlo. Es más fácil dejar que las ideas fluyan cuando la persona más inteligente en el salón te da "permiso".

—¡No te menosprecies! Tú podrías ser la más inteligente de los dos. Aparte, nunca esperes el permiso de nadie para pensar por ti misma.

Asiento aunque no digo nada. Prefiero dejar eso en una buena nota.

Después de doce pisos mi velocidad empieza a aminorar, estoy completamente transpirada, jadeo. Mi condición física no da para mucho más. Es un poco patético.

Kalet nota mi lucha, me invita a sentarme en las gradas, me instiga a sacarme los zapatos. No haría nada de eso por lo general, preferiría desmayarme que mostrarme imperfecta frente a nadie, pero me doy cuenta de que esta es una escena bastante especial y le sigo la cuerda.

—¿Qué es lo que realmente quieres? —me pregunta.

—Pensé que quería lo que tuve: un marido maravilloso, un buen matrimonio, hijos, amigos… Ahora ya no sé si eso es todo lo que una mujer necesita para ser ¿feliz?

—¿Divorciada?

—Viuda. ¿Y tú?

—Divorciado.

—¿Qué pasó?

—Algún día te contaré. ¿Y tú?

—Se murió mi marido. Fin de la historia.

—Y comienzo de tu nueva historia, me imagino. ¿Es por eso que estás aquí?

—Creo… creía que sí… Ahora, en serio en serio que no sé. Pensé que sería cuestión de venir, respirar aires nuevos, tal vez estudiar un poco… pero ahora me parece que lo que tengo que aprender es mucho más profundo.

—¿Enamorarte de nuevo?

—¡Esas son ideas de Pachuli! —me río con ganas—. Mi amiga es mandona y cuando se le mete algo…

—¡Se le mete! ¡La conozco bien! Entiendo tu dilema… ¿Y qué es lo que tú quieres? —Me mira con esos ojos inquisitivos, cálidos, un poco tristones, como si alguien le hubiese hecho algo terrible y lo hubiese dejado entristecido de por vida.

—Eso es lo que quisiera saber… —respondo, me pongo los tacones e inicio el recorrido de nuevo. Su pregunta se queda martillándome el cerebro: *¿Qué es lo que yo quiero?*

Kalet se ha convertido en una maravillosa compañía que disfruto cada día. Su conversación me llena de imágenes de lugares que nunca he visitado e ideas de culturas que me son extremadamente remotas. Tiene una manera sencilla de explicar cosas difíciles y nunca me hace sentir como una inculta por no reconocer alguna referencia o como una tonta por pedirle que me explique algo por segunda vez. Realmente tiene el espíritu de maestro. Le encanta enseñar y a mí me gusta aprender.

Él está de viaje hoy. Una conferencia en la capital en donde además recibirá un premio por su labor en el campo. No es mi enamorado, pero a veces siento como si en verdad lo fuera. Estamos siempre comunicándonos, vacilándonos y tomándonos el pelo.

Mis amigos han estado haciéndome apanado con preguntas de todo tipo. No entienden por qué las cosas no están acelerando como debieran y yo les digo que no es cuestión de velocidad sino de apreciación. A lo cual siempre hacen algún comentario acerca de su hombría. ¡A pesar de que todos somos mayores que el resto, nunca falta la chacota! Yo no les hago mucho caso. ¿Acaso se puede medir la masculinidad de alguien por la cantidad de mujeres que ha llevado a la cama o la presteza con que lo logra? Mi experiencia con

Chumbeque y Taco Bell me demuestran que eso es lo menos importante en una relación.

La que no dice nada es Pachuli. Y me parece de lo más raro, puesto que ella es siempre la primera en meter la cuchara, ¡el cucharón más bien!, hasta que no exista detalle alguno que le falte saber, entender, digerir y comentar.

Esta noche estamos a las puertas de la casa de Calvin y Klein, quienes han organizado una fiesta con motivo del solsticio de verano. *"El solsticio del verano es un tiempo para celebrar la luz de la conciencia dentro de nosotros mismos y dentro de cada persona. Es tiempo para reflexionar sobre el potencial de nuestra conciencia para despertar. El progreso del sol durante todo el año simboliza el proceso de alcanzar la iluminación, y el solsticio del verano es el clímax final de este viaje, y esto lo refleja siendo el día con más luz en el año. Simboliza la ascensión de la que tantas enseñanzas espirituales hablan",* me lee Pachuli de alguna página que ha encontrado gugleando en su teléfono.

—Es lo que dice Sabrina la psíquica, médium y *healer...* ¿Qué? ¿Te lo tragas? —me dice Pachuli socarrona. Ninguna de las dos creemos en estas tonterías. ¡Bah! Me imagino que la mayoría de los que están aquí no son seguidores de esas espiritualidades ligadas a la estación del año y el movimiento del sol. Pero yo entiendo que cualquier excusa es buena para parrandear cuando se trata de mis amistades. Y así ingresamos a lo que Pachuli y yo sabemos bien que es una celebración de la libido y por tanto el mejor pretexto para dar rienda suelta a los deseos por lo general inhibidos el resto del tiempo.

—Y tú, ¿para cuándo? —trato de centrar la atención en ella de modo que me deje respirar en paz.

—¿Has visto ese palo gigantesco que parece un falo? —contesta Pachuli ignorando mi pregunta—. Resulta que eso se llama *maypole* y se utiliza para celebrar un rito pagano de fertilidad que viene desde la época medieval. Vamos, que te va a gustar —dice y caminando hasta el centro del jardín recoge un par de cintas sueltas que vienen desde lo alto del palo-falo, me da una y ella se queda con la otra. Empezamos a bailar dando vueltas alrededor del *maypole*. Pachuli va avanzando, cambiando cintas, hasta irse de mi lado.

La música reggaetonera como que no le va a la escena de lo que yo conjeturo sería este rito en su época de concepción. Igual me dejo arrastrar por la masa de invitados que colectivamente están allí para romper unas cuantas reglas. Docenas damos vueltas al palo-falo, cada uno con una cinta de diferente color, danzando alocadamente al ritmo que la sexualidad del momento nos incita de una manera ancestral, primitiva diría. Puedo sentir la adrenalina fluyendo como un néctar en mis venas y mis deseos floreciendo con cada movimiento de caderas, con cada flexionar de mis rodillas, con cada sensual meneada de trasero, con cada rozar, temblar, tocar, mirar en los ojos de alguien totalmente extraño mientras me subo las manos por los muslos, una coquetería descarada que me enciende por completo cuando de pronto me encuentro frente a un desconocido que parece sacado de una revista de modas. Me detengo un poco, el tiempo se detiene un poco, nos repasamos con la vista. El palo-falo es mágico, me permite liberarme, mostrarme de una manera primigenia. Sus dientes brillan con el resplandor de las fogatas instaladas por todo el jardín. Es alto y moreno, leche con café diría yo, y sus ojos de gato de medianoche me hechizan. Me dice su nombre: Anselmo. Y yo le respondo con el mío: Belén. Nos miramos. La música se pierde en las nubes sobre nosotros. Los otros bailarines desaparecen. La caricia del contacto sin tocar nos embarga. Estudio su ropa: blazer de lino azul, camiseta de algodón crema, bermudas khaki hasta las rodillas y mocasines. Todo parece hecho a su medida. Y su medida, se me hace a mí por lo que veo y toco, es la del hombre perfecto. Me alegra no haberle hecho la lucha a Pachuli y haber escogido algo bonito para la ocasión: vestido floral, blazer veraniego de denim delgadito, sandalias de tiras con tacón alto cuadrado.

Anselmo me ofrece su mano y dejando las cintas del palo-falo nos perdemos entre la multitud hasta reaparecer a la altura de la sala de estar. Recuerdo la primera vez que conocí a Calvin y Klein, y me parece que tanto ha cambiado en tan poco tiempo. Así es como se percibe el mundo cuando uno se encuentra en un proceso de crecimiento: todo es diferente y nada lo es, la que se ha transformado eres tú.

Anselmo me empieza a conversar. Es amigo de un amigo de Klein. Tiene unos pocos años en Estados Unidos. Viene de Venezuela.

Apenas dice eso, sin pensarlo me convenzo de que él es el venezolano que me querían presentar hace tiempo. No le hago la pregunta a Anselmo, pero eso es lo que asumo. ¡Chévere! Lo he encontrado por mí misma. Me encanta que haya sido de esta manera. Me siento satisfecha por el regalo del universo. Y también por el hecho de que el venezolano parece bastante normal.

Conversamos toda la noche. Pachuli regresa de rato en rato a chequear cómo voy, pero ella también se va enredando en sus propias postales epicúreas y poco a poco su preocupación conmigo se va disipando hasta que en una de esas tantas idas al baño me la encuentro sentada al borde de la piscina, con los pies remojándose en el agua, una mano sosteniendo un trago y la otra acariciando el rostro de un rubiales que yo diría es demasiado joven para ella.

—¡Soy una diosa sicalíptica! —se declara y le planta un beso al chico que se lo devuelve mientras pasea sus manos por mi amiga.

—¡Eres una diosa apocalíptica! —respondo al aire. Ni idea qué será "sicalíptica" pero ya lo buscaré en el diccionario. ¡Fiesta con tarea, sólo con Pachuli puede suceder eso!

Anselmo me mira mientras regreso. Todos y cada uno de los pasos, desde la piscina hasta el sillón en la sala, su vista fija en mi contonear. Sonríe y lentamente pasa la lengua sobre los labios húmedos. La chispa del deseo me recorre. Se me abre el apetito. Tengo antojo de leche con café.

Me siento a su lado lentamente. Como en una película erótica sus manos empiezan a estudiar mi cuerpo. Primero, por encima de la ropa. Pronto, deslizándose sensualmente por mis curvaturas hasta encontrarse en las sinuosidades que conducen desde los muslos hacia mi pubis. Quiero que se detenga, pero no quiero que lo haga. La pasión brota sin que yo pueda hacer nada por dominarla. Mi resistencia es fútil, se ha vuelto paralítica, manca, sorda y muda. Lo único que me queda es apagar la mente y disfrutar con el cuerpo entero. ¿Me voy a sentir mal mañana? Claro que sí. Sobre todo con Kalet, a quien tal vez le debo lealtad. Pero me meto en la cabeza que la vida es para vivirla. Ahora sí, apago la central de los pensamientos y me entrego a las sensaciones que Anselmo dibuja para mí.

Para cuando Kalet regresa he tenido una semana entera para sentirme mal con él mientras disfruto de Anselmo el Impecable (el apodo que Pachuli le ha puesto. ¿Quién sino?).

Lo evado temprano en la universidad, lo cual se hace incluso más evidente al faltar a su clase esta mañana. El hecho de que hubiera que entregar una asignación no detiene mis planes, simplemente se la doy a Roxanna acompañada de una nota breve con mis disculpas. A distancia prudente lo observo acercarse a la puerta, a ver si me halla deduzco; y al encontrarse con un pasillo solitario, pone esa cara de tristeza, de abatimiento que no puedo soportar, y cierra la puerta para empezar su clase.

Igual me quedo cerca del salón. En una de esas, aprovecho que Kalet voltea para aguaitarlo por la ventanita en la puerta del aula. Lo veo abatido, lánguido casi, distanciado de los estudiantes gracias a esos alharacosos anteojos de montura cuadrada negra que le quedan imponentes sobre su rostro pequeño y que yo le he escuchado decir que solamente usa cuando algo lo está perturbando («Es como ponerse la bata de pensar», me dijo una vez. Y yo, que no poseo una bata de pensar, no entendí nada. Pero creo que ahora lo comprendo). Acuclillándome, abro la puerta para escucharlo: su monótona voz delata su estado de ánimo. Mientras estoy en esas, Anselmo me llama repetidas veces. Cuando no le contesto, empieza a enviarme textos. Lo que hasta ayer era placer puro hoy es culpabilidad pura. Le he fallado a mi profesor. Veo que se está acercando, que tal vez estoy empezando a sentir algo por él y lo primero que hago es entrar en pánico y empezar a salir con Anselmo. ¡Cómo me gusta malograrla cuando pierdo la cabeza por un instante! Es como si me faltara el oxígeno y busco a alguien que me llene de momento.

En lugar de hacer lo correcto y siquiera darle cara a Kalet me marcho antes de que suene la campana. Le escribo a Anselmo y quedamos de vernos al mediodía. Me pregunto si estoy siendo exagerada, si nadie ve la vida de esa manera a veces tan cerrada, casi claustrofóbica, que tengo. En serio que no le debo explicaciones a ninguno de los dos. Es más: yo no quiero nada con nadie. Nada profundo, es decir. Lo único que deseo es sacarme la espina de Rodrigo. Aunque cada vez que estoy a punto de conseguir sentirme como una mujer completa, amada y deseada, que vive en este mundo, algo terrible ocurre y mi castillo de aspiraciones íntimas se viene abajo.

Tal vez el problema es que le estoy dando demasiado puntaje a lo corporal y muy poco a lo espiritual. Pero es que primero es lo primero y lo otro, lo de enamorarme y eso, ya vendrá si me toca recibir esa felicidad en mi vida de nuevo.

Complicado.

Y yo que quería meterme en los libros y nadar en ellos hasta mi graduación. ¡Eso era todo lo que perseguía desde el comienzo!

Pero es que la juventud física se siente atraída.

La juventud física tiene energía.

La juventud física es mandona y jodona.

Anselmo cruza la pista apenas me ve a lo lejos. Me da el encuentro frente a una farmacia. Me dice que tiene que recoger unas medicinas y que lo espere en el café de al lado. Le pregunto si se siente mal y no me contesta. Sin darle mucha importancia, camino a la cafetería y me distraigo babeando por los postres sentados al otro lado de la vitrina. No me doy cuenta cuando Anselmo se acerca y pego el grito del susto cuando pone ambas manos sobre mis hombros.

—¿Y a ti qué te pasa? —sonríe mientras masajea mi nuca y mi espalda poniendo la presión exacta en cada una de las zonas.

—Naaadaaaa —digo inhalando y exhalando—. La tensión en el cuello me tiene loca.

El barista voltea, pone su cara de robot al servicio del cliente y pregunta qué llevamos. Yo me decido por un milhojas y él por un simple café cubano.

—Estás estresada por los parciales, seguro —contesta y recibiendo nuestro pedido me indica un apartado donde sentarnos.

—Tienes razón —replico y pongo mi mano sobre la de él con la intención de desviar la conversación lejos de mis problemas (y de Kalet) y enrumbarlas hacia un paraje… digamos más sensorial.

Anselmo responde de inmediato. Su piel sube de temperatura, sus músculos se hinchan, busca mis labios con los suyos, su mano aventurándose alocada sobre mis piernas como una hormiguita al darse cuenta de que el picnic abandonado es todo suyo. Su cuerpo parece agigantarse. El mío se deleita cayendo dentro del paraíso del placer. Es ese control sobre él y el descontrol sobre mí lo que anhelo. Balance preciso entre lo que se pierde y lo que se encuentra.

Pronto nos vemos en su carro, deslizándonos entre las avenidas y calles, avanzando hacia su casa mientras nos comemos con las miradas y sellamos el destino a besos.

Al advertirme frente a su puerta la euforia empieza a amainar de mi parte mientras que él más bien lleva un mar embravecido en los ojos de felino nocturno. ¿Y qué esperaba? ¡No puedes incitar el pecado y luego salir corriendo! Es hora de ¿pagar? por lo que he estimulado durante toda la semana. Me santiguo por dentro mientras me preparo a recibir gozosa.

Anselmo es un animal, en el mejor sentido de la palabra. Disfrutar para él significa tomarse el tiempo para sentir el placer en toda su extensión. No tiene apuro. Prepara el ambiente en cámara lenta.

—¿Segura? —pregunta caballerosamente en algún momento. Yo le ofrezco un gesto de aceptación y empiezo a desabotonar mi blusa. Es el sí que los dos esperábamos.

Él se libera de la camiseta entallada hasta descubrir el cuerpo más bello que he visto en mi vida. Todo lo que quiero hacer es acariciarlo, sentirlo, mimarlo. Anselmo se coloca frente a mí, entre el sofá y la mesa de centro, sus manos inmensas me desnudan de mi falda, masajean mis pies erotizados, pasean sobre mis piernas ígneas hasta abrirlas con delicadeza y enrumbarse a la conquista de esas cuevas remotas. Lentamente jala de mi bikini hasta dejarlo en el suelo.

Mis labios se agrandan, mi lengua juega con la suya. Los latidos de alegría no se hacen esperar. Me estremezco. Me entrego. Suena el timbre. Lo dejamos pasar como si no sucediera. Estoy en la cúspide, es difícil bajarme si no es con un orgasmo. Suena el timbre. Lo ignoramos por completo. Una ola espectacular se forma. Él besa mis labios sin dejarse un segundo para respirar. Suena el timbre. Suena el timbre. Suena el timbre.

—¡Verga! —resopla Anselmo y levantándose se pone la camiseta.

—Eso: verga —respondo sin saber qué mierda quiso decir en verdad. Mi momento está al llegar y él no estará allí para verlo—. Vergaaaa-essss-loooo-queeee-sigueeee —doy el chillidito final.

Mi cara muestra la satisfacción angelical del clímax. Me acomodo sobre el sofá. Siento a Anselmo hablando con otro hombre y luego pasos acercándose. Él me advierte que regresa con alguien más. Me tapo con una colcha que encuentro en el mueble. El acompañante me come con la mirada antes de sentarse al borde del sofá y encima del filo de mi cobertor. ¡Maldito!

Esa mancha no consumada me aleja todavía más de Kalet. Cuando lo veo a los ojos siempre me imagino que busca sinceridad, honestidad, pureza. No me lo puedo imaginar aceptando mi situación actual y es por eso que ni siquiera le permito el respeto de una explicación, el honor de una despedida en sus propios términos. Asumo. Y cuando das las cosas por hecho le quitas a la otra persona el derecho a hablar por sí mismo. Todo por miedo y vergüenza.

Mi relación con Anselmo se ha visto menguada debido a mi sentimiento de culpa. Seguimos saliendo pero hay algo de mi parte que se ha quebrado. Y no lo hemos vuelto a intentar en la cama. Lo peor es que mis estudios sufren porque no me puedo enfocar y porque Kalet sólo atina a mirarme confundido.

Esta tarde he quedado en encontrarme con Anselmo para ir a un museo de historia medieval. ¡Parecería que desde la fiesta con el palo-falo nos hemos quedado atrapados en esa época! Siento que alguien entra a la cafetería, pero no es él. Son Calvin y Klein y un tercero que no conozco. Piden algo y se sientan, los veo fastidiados.

—¿Sabes? Hay unos problemas… —dice Calvin y deja flotar a las palabras.

Lo miro exigente. No hay nada como alguien que no te suelta todo de una sola vez. Luego paseo la vista entre Klein y el amigo que todavía no ha dicho nada.

—¿Y bien? —digo por fin cuando ninguno me quiere dar cara—. ¿Quieren decirme algo o se van a sentar aquí toda la tarde sin pronunciar palabra? Aparte, disculpa, pero ¿quién eres tú? —le digo con un tono agitado al acompañante.

—Justo de él te queremos hablar…

—De él y de Anselmo…

En ese instante me imagino lo peor: que Anselmo y este otro son pareja. Pero en lugar de darme cólera me da ataque de risa. Y es que las cosas pasaron de ir muy bien a esto.

—Es que Pachuli nos dijo que tú piensas que él, que Anselmo, es el venezolano que te queríamos presentar. Pero ha habido una confusión de esas chistosas… —trata de explicar Calvin y luego apunta hacia el nuevo—. Él es.

—Él es… ¿qué? No estoy entendiendo…

—A ver… Déjame cuadrarlo contigo —habla el tercero—. Tú has estado paseándote por todos lados con el Urbano equivocado. Yo soy el que tus amigos te querían presentar. Aparte que no te conviene andar con mi primo.

—¿Anselmo es tu primo?

—Primo hermano.

—Equivocación aparte, ¿qué te hace pensar que yo quiero salir contigo? —me siento indignada y azorada.

—No salgas conmigo si no quieres, pero Anselmo… mira, yo lo quiero mucho, es mi primo y todo… pero él carga problemas a donde vaya.

—Ya. Bueno. ¿Quién no? Yo soy viuda, ¿sabes eso? Viuda con hijos. Y creo que también estoy un poco traumatizada. Tengo muchos líos en la cabeza. Así que yo también cargo con mucho… ¿Qué tal? —contesto y empiezo a levantarme. Este cargamontón para influenciarme en contra de Anselmo me está poniendo de pésimo humor.

—No es lo mismo —dice el primo—. Anselmo tiene un historial policiaco. Ha pasado tiempo en la cárcel en Venezuela. Por eso venimos a decírtelo.

Me detengo y me agarro de la silla.

—¿Qué hizo? —pregunto aunque no quiero saber.

—Es por violación de una menor —responde Klein—. No puedes meterte con ese tipo de persona. En verdad que nosotros no sabíamos de esto, que sino nunca lo hubiéramos invitado a la fiesta.

No puedo creerlo. ¡Un hombre tan educado, impecable, cariñoso como Anselmo, realizando un acto tan asqueroso!

—Mejor nos vamos, que él está por llegar y yo necesito aire —respondo.

A pesar de no estar con ganas de nada, permito que Calvin y Klein me sigan en su carro hasta la casa. Pachuli ya ha llegado y, para mi asombro, está cocinando. Apenas veo que es mi favorito, ají de gallina, me doy cuenta de que mis amigos la han llamado en el camino para avisarle que vengo echando humo. No digo nada. No es momento de pelearme con nadie. Han sido tan… ¿valientes? por ponerme al tanto de los antecedentes de Anselmo. Abrazo a mi amiga.

—Tengo suerte de tenerte —le digo.

—Y yo, de tenerte a ti —contesta mientras me sirve un *shot* de pisco—. Para ahogar las penas —me dice. Brindamos y nos abrazamos.

El teléfono repiquetea dentro de la cartera.

—Tienes el derecho a no contestar —me recuerda Pachuli—. Todo lo que digas puede ser usado en tu contra —indica mientras sirve *shots* para todos y llevamos la bandeja con aperitivos a la sala de estar.

Quiero volver a ganarme la confianza de Kalet. Tengo que reconstruir el puente que destruí cuando lo traicioné. Y la mejor manera de empezar a hacerlo es mostrando mi cara en su clase, participando, tratando de hacerle acordar qué es lo que le gustaba de mí.

Llego temprano al aula. Me siento nerviosa. No puedo terminar de decidir si debería hacerme la tonta, como si nada hubiese pasado, o si las explicaciones son merecidas en este caso.

Roxanna me comenta que los días que no he venido Kalet ha estado entre profesor dictador y profesor deprimido. Y Yenny se queja de que la carga de tarea en esta clase la está haciendo quedarse hasta muy tarde tratando de terminar la asignación, al punto de estar descuidando a su familia.

—Tienes que hacer algo —presiona Mark—. No es justo que todos suframos por tu culpa. Ya ves que Roxanna se está engordando de los nervios y Yenny está irritable por todo, hasta con los ladridos de su perro o las caricias de su marido —susurra.

Miro a los tres. Están ojerosos, lánguidos de la extenuación que la carga de esta clase les pone a las espaldas. Se supone que estamos aquí para aprender, pero en plan divertido, como un escape de la realidad de ser adultos, como un cambio a la monotonía de trabajos insufribles, no para que el peso de la materia nos asfixie. Y todo por mi culpa. No me di cuenta de mi efecto en Kalet. Aunque puedo deducir que no darle ningún tipo de justificación, de contexto a mi actitud bipolar de la noche a la mañana, no le hizo a nadie ningún bien.

El salón se empieza a llenar y a un minuto del campanazo llega Kalet. De inmediato me ubica dentro de las decenas de rostros pendientes y hace un gesto indefinido, algo entre alivio y furia, pero lo que yo siento emanar de él un segundo después es agradecimiento. Me invade la tranquilidad de no encontrarme totalmente a destiempo con él.

—Es una suerte que no hayas tenido que vivir lo que vivimos —me dice Roxanna al terminar la clase mientras caminamos en el pasillo—. Me alegra ver el cambio de personalidad casi instantánea en el profe… Pero no creo que podamos aguantar una segunda ronda de esto, así que *buckle up, buttercup* y haz lo que tengas que hacer para protegernos del ogro que aparece cuando tú no estás.

—¿Estás diciendo que lo mantenga de *más que amigos* hasta el final del semestre sólo para que ustedes tengan un mejor ambiente?

—Lo que queremos es que lo pases a VIP —dice Yenny—. *Very Important Profe*. Sea lo que sea que eso signifique para él.

—Ya veo… ¿también quieren que se la chupe mientras estoy convenientemente al servicio de sus necesidades?

Los tres me miran atrevidos. Veo que lo de ser libertinos no quedará en broma. Yo misma les di permiso para hablarme así. Y ahora tengo que convertirme en Afrodita.

—Eso depende de ti, mujer. Si tú crees que eso ayuda a mantenerlo estable, pues adelante. El salón entero te agradece —dice Roxanna mientras lasciva le pasa la lengua a su chupete.

Estoy a punto de responderles con alguna pavada libidinosa juvenil cuando siento una palmadita en mi hombro. El grupo se desintegra y al voltear veo los anteojos hercúleos de Kalet camuflando sus divinos ojos tristes.

—¿Bata de pensar? —pregunto para él, pero lo que en verdad quisiera saber es qué es lo que él está pensando en este momento.

Asiente. Se lleva la mano a la boca e inclina ligeramente la cabeza hacia un costado. Queda en silencio. *¿Me juzga? ¿Quiere decirme algo? ¿Quiere gritarme? ¿Quiere abrazarme? ¿Quiere que se lo diga?* Su mutismo es peor que cualquier palabra. Puedo sentir su desconsuelo, lo que me llevé de él, la decepción que debí haberle causado. *¡Habla! ¡Dime algo! ¡Putéame si quieres! Necesito saber la extensión de los cargos que se me imputan.*

La pausa se alarga, se hace insufrible. Me da la impresión de que debería marcharme. Quisiera correrme de allí, pero en cambio resuelvo enfrentar lo que me merezco. No por mis compañeros y sus problemas existenciales, sino por mí. No puedo comportarme de la manera en que me comporté y salir ilesa.

—Te he extrañado —me dice por fin, se saca las gafas y dibuja una sonrisa tímida, como probándome.

Yo salto de alegría en el interior. No puedo creer que me la va a hacer tan simple.

—Y yo a ti —le digo mientras coloco mi mano sobre su hombro—. Lo siento —añado—. He sido un poco egoísta contigo. Te debí haber dicho lo que estaba pasando. ¡Me siento tan mal! ¡Tú no te lo mereces!

Sin decir nada, Kalet se acerca a mí, extiende sus brazos y me ciñe con fuerza. En silencio me ofrece el tipo de perdón que no impone condiciones ni hace preguntas. Su ternura me invade, su paz me calma, su dulzura me suaviza. Quiero besarlo, mordisquearlo, probarlo. Lo llevo de la mano hacia una banquita estratégicamente colocada detrás de un florero gigante lleno de inmensos geranios rosados. Fuera de la vista de estudiantes y catedráticos, me doy el gusto. Esos labios que enuncian palabras importantes de manera perfecta también son perfectos para besar. Recorro esa boquita en forma de corazón con goce. Vamos despacio, delectándonos con cada movimiento. El tiempo real se queda esperándonos al otro lado de los geranios. Su energía apacible me encandila. La pasión me envuelve. Lo deseo.

Kalet cancela todo lo que tiene para la tarde y me lleva a su apartamento, cerca de la universidad. Recogemos comida italiana y una botella de vino de camino al *afternoon delight*. Me acuerdo cuando Rodrigo se escapaba a la hora de almuerzo con el propósito explícito de hacerme el amor al mediodía. De inmediato me entristezco. Trato de borrar esas imágenes de mi mente. No es justo mezclar el pasado con el presente. Rodrigo siempre tendrá su lugar, por eso mismo no tengo necesidad de traerlo de mediador o como punto de comparación cada vez que estoy con alguien más. Saco el borrador mental y me obligo a dejar de pensar en él.

Su depa es sencillo, con unas pocas fotografías artísticas en las paredes y escasos muebles. Bastante minimalista. Y las paredes en azul pizarra le dan un ambiente incluso más varonil.

Comemos y conversamos.

—Creo que soy *sapiosexual* —me dice mientras juguetea con mi cabello. Yo no tengo idea de lo que significa esa palabra, no sé si es algo bueno o algo malo; y sin una buena excusa para meterme al baño y guglear el término, me veo forzada a preguntarle.

—¿¿¿Cómo…???

Se limpia la boca mientras empieza a reír.

—Que voy a salir del clóset… y declararme sapiosexual.

Si es una broma, no la entiendo.

—¿Que eres…? O sea, que tú…

Él me deja tejer y destejer mis conclusiones. Disfruta de su superioridad en el instante. Cuando ve que es momento de rescatarme de mi propia ignorancia, por fin me lo explica:

—¡No me hagas caso! Es algo que leí el otro día y me pareció tan insoportable como cierto. A ver, sapiosexual es alguien que se siente atraído primero y ante todo a la mente de alguien…

—¿Me estás diciendo que soy inteligente? —su revelación me desarma.

—¡Por supuesto! Y además inquisitiva hasta el tuétano. Pero no es eso lo que estoy tratando de decirte… —busca explicar—. Lo que quiero expresar es que tú me atraes.

—Y tú me atraes también —contesto y luego de darnos un beso empiezo a sentir la necesidad de conectarnos a un nivel menos intelectual y muchísimo más físico.

—Creo que deberíamos esperar —dice él apenas empiezo a desabotonar su camisa. No le hago caso. Le doy una mirada de *seriously?* y continúo por ese camino de botones que me acerca a su pecho desnudo. Supongo que le preocupa la relación catedrático-alumna, pero a mí no.

Salteándome por completo su duda original, me entrego a la tarea de hacerlo feliz. Esta vez soy yo la jefa, la que controla la situación. Roxanna y sus chupetes aparecen como un relámpago en mi mente y sin pensarlo más me arrodillo frente a él y le digo:

—Le voy a dar un examen oral, profe.

Me siento misma estrella *porn* haciéndole un *blowjob* a Kalet. Él no lo sabe, pero es mi primera vez. Trato de aparecer competente, pero me muero de miedo de hacerle daño. Al rato puedo sentir el poder de lo que estoy haciendo. ¡Soy toda una autoridad en los orales! Pero la felicidad de campeona me dura muy poco. Justo cuando él está llegando al clímax, algo muy extraño sucede: se lleva las manos a la cabeza, grita de dolor y cae lloroso al piso. Creo que lo he roto.

No hablamos del tema. Puedo ver que él está pasando una vergüenza terrible. Me deja en casa y apenas me bajo, sale a toda velocidad. Ignoro si yo hice algo que le causó dolor o si lo volveré a ver.

—Tengo algo que decirte —susurra Pachuli cuando le cuento lo sucedido. Ha estado escuchándome callada. Es raro porque de un tiempo a esta parte no parece la misma alocada amiga de siempre.

—¡Ay, no me digas que te hice algo a ti también!

Ella me explora con la vista. Hay algo que no me termina de cuajar aquí.

—Se llama cefalea orgásmica —dice por fin.

—¿Cómo? ¿Qué se llama cefalea orgásmica? —contesto confundida por su respuesta.

—Lo que tiene Kalet. Ese es el término médico. Cada vez que está por llegar al orgasmo le da un dolor de cabeza tan espantoso que parece que un yunque le hubiera caído en la cabeza y lo hubiera partido en pedacitos.

—¡Ay, pobre! —digo y de inmediato tengo una pregunta bastante diferente—. Pero… ¿Y tú cómo sabes?

Pachuli mueve la boca de un lado para otro. Reflexiona. Mide el impacto de sus palabras y se avienta a confesar:

—Kalet fue mi segundo esposo. Esas benditas cefaleas orgásmicas fueron la raíz de todo tipo de frustraciones. Nos causaron complicaciones en nuestra vida sexual y al final fue el matrimonio el que sufrió y no pudo aguantar.

La escucho con la boca abierta. ¡Esta es información importante! No entiendo por qué no ha querido decírmelo antes.

—¿Por qué no dijiste nada? ¿Por qué no me advertiste? ¡Yo no debería andar por allí con uno de tus ex! ¿Y si me enamoro? ¡Tengo el derecho a saber! ¡A veces pienso que soy un gran experimento para ti! ¡Que lo que más te interesa es ponerme en una situación y ver cómo reacciono!

Me da una pataleta de aquellas. Pachuli se traga sus sentimientos y me abraza.

—¿Vas a salir con él de nuevo? —pregunta—. Si lo vas a hacer, piénsalo bien, todavía estás joven…

—No lo sé. Me voy a dormir.

—Piénsalo…

—Lo que pienso es que tal vez lo juzgaste solamente por un aspecto, el sexual… ¿Y qué tal si tú contribuiste a que sea así?

—Es un problema médico…

—¿Y qué tal si le causaste tanto estrés para complacerte en la cama que lo reventaste?

—¿Y por qué pasó también contigo? ¿Cómo explicas que después de tanto tiempo todavía le suceda?

—¿Está traumado? Tú lo dejaste porque no lo podía hacer sin sufrir esos dolores tan intensos… y mientras más buscaba hacerte feliz, más se intensificó su angustia acrecentando la posibilidad de que suceda. ¡Es que contigo todo tiene que ser perfecto o lo desprecias!

—No entiendes. Yo amaba a Kalet pero verlo así de incapacitado cada vez que me tocaba, me hundió emocionalmente. No supe lidiar con eso.

—Es que… *Sorry*, pero me parece fuera de lugar dejar a alguien por algo que no pueden controlar.

—¿Y tú? ¿Lo que tu hiciste con Anselmo sí está bien?

—No te pases, Pachuli, es que no puedes comparar las situaciones. En una estamos hablando de ser compasivos con alguien que no ha hecho nada para merecerse lo que le sucede; y en la otra, de hacerme la que no escuché que el tipo es un criminal y encima un pervertido violador.

—¿Acaso te consta?

—No… Pero…

—Pero ¿qué? Hiciste lo mismo, te fuiste, lo dejaste… Incluso ni siquiera le diste cara… ¿Te parece bien? ¿O eres tan perfecta que tienes que despreciar a alguien por lo que podrían ser nada más que rumores?

Me ha dado un golpe bajo. Me ha volteado la tortilla y luego me ha quebrado en mi punto débil. Las dos estamos diciendo cosas de las que nos vamos a arrepentir.

—No sé qué quiero hacer o qué voy a hacer, pero lo que sí sé es que no quiero seguir discutiéndolo. Nos estamos dando de palazos de una manera injusta.

Y eso es lo último que quiero. ¿Qué tal si ponemos esta conversación en pausa?

Pachuli asiente, dibuja una ligera sonrisa. Yo aprovecho la tregua para irme a mi cuarto.

Mi plan esta mañana es evadir el tema de Kalet con todas mis fuerzas. Él no ha llamado, así que o está demasiado consternado con lo sucedido o espera que sea yo la que se acerca primero. Es mejor que las cosas se enfríen de todos modos.

Entro a la cocina y me dirijo directo a la cafetera. Siento la vista de Pachuli encima de mí. Tengo que decir algo para rellenar el vacío verbal o terminaremos de regreso a Kalet.

—Me encanta la voz de ese *disc jockey* que me levanta en las mañanas —digo desperezándome.

—¿Te encanta? —dice Pachuli levantado su taza—. ¿Te encanta encanta?

—Sí….

—¿Te encanta *Hottie Mc Scottie in the morning*? —sigue mientras se sirve tostadas con mantequilla.

—Deja un huequito para huevos revueltos —le aviso y me doy cuenta de lo que he dicho. No voy a dejar que Pachuli haga un comentario, así que continúo—: Tiene una voz… que… acaricia…

—¿Que levanta? —Pachuli hace un gesto obsceno con su mano.

—También… —le sigo la corriente. Por lo menos no estamos hablando de Kalet o de cefaleas orgásmicas—. Tiene de todo un poco y ese acento… ¿escocés? ¿australiano? ¿inglés? Con esa voz… y la manera en que raspa las palabras contra el micrófono, como si me estuviera hablando al oído… es una excelente manera de amanecer.

A Pachuli se le enciende la mirada. Algo está maquinando.

—¡Tengo una idea! ¡Te voy a llevar a la estación para que lo conozcas! —dice y me empieza a arrear hacia mi habitación. Sobre la marcha, y antes de que yo pueda contestar, ya abrió el clóset, escogió una muda y me puso en camino a la ducha. Espero que no esté pensando que con sólo mostrarme a Hottie Mc Scottie me voy a olvidar de todo lo que está sucediendo en la vida real. ¿Y de dónde lo conoce de todos modos? Nunca me lo ha mencionado… Aunque debería estar acostumbrada al almacén de sorpresas que es mi amiga.

Estoy terminando de arreglarme el pelo cuando ella regresa hecha un huracán de algarabía. Impaciente, me coloca la cartera, los aretes, el collar y los zapatos en las manos y me los voy poniendo de camino al carro.

En un ratito llegamos a la estación. Es un edificio de cuatro pisos, la radio está en el segundo. Pachuli entra, saluda al portero y sin que le digan nada empieza el proceso para tener acceso a las instalaciones. Me da la impresión de que esta no es su primera vez.

El ascensor se demora y *Hottie Mc Scottie in the morning* ya está por llegar a su conclusión. Pachuli mira su reloj, mira el indicador de pisos del elevador, se desespera, me jala para la derecha y nos dirigimos hacia las escaleras de emergencia. Trepamos lo más rápido que los tacones nos permiten. Llegamos justo a tiempo para observar al locutor en su cabina mientras despide su programa.

Hottie Mc Scottie cuelga sus audífonos, apaga el micrófono, nos ve al otro lado de la vidriera y nos hace adiós con la mano. Al rato deja el puesto a otra locutora y aparece sonriente en el marco de la puerta. Lo miro y me da nervios. Es hermoso. Empiezo a preocuparme. Pachuli lo saluda con soltura, con beso larguito en la mejilla y abrazo caliente, como si lo conociese de toda la vida. Mientras que yo no lo puedo mirar a los ojos, es como si me fuese a comer con la vista. *Abort, abort. ¡Es una trampa!*

—Vámonos —le susurro a Pachuli y empiezo a retroceder. Ella me jala con sutileza hasta que me regresa a mi lugar y a mi situación de querer salir corriendo de allí. ¡Si esta es otra de sus pasadas la voy a matar!

—*Sorry* que no te haya avisado, pero recién se me ocurrió traer a Belén, es tu fan.

Yo sólo lo miro embobada calculando que si Pachuli está pensando que él va a salir conmigo le va a salir el tiro por la culata. Hottie Mc Scottie es realmente muy buenmozo *(¿y yo qué hago con palabras de vieja en mi cabeza?)*.

Él se acerca y me planta un beso en la mejilla. El gringollo debe haber aprendido costumbres latinas de tanto vivir en Florida. Luego me mira como diciendo *¿y bien?* Pachuli está insufrible también, con una sonrisa que no le cabe en la cara. Siento que están esperando a que dé muestras de vida, pero nada me viene a revivir la lengua, está muerta de la emoción o algo así.

—No sabes quién soy, ¿no? —dice por fin Hottie Mc Scottie.

—¿Debería saber? —contesto y le hago un gesto de desconcierto a Pachuli—. Eres la persona que me levanta todos los días y estoy segura de que Hottie Mc Scottie no es tu verdadero nombre... aparte de eso...

—¿En serio, Belén? ¿No lo reconoces? —dice Pachuli—. Retrocede en tus recuerdos...

Ahora sí que no logro explicarme la escena. ¿Este tipo no es alguien que Pachuli me quiere presentar para subirme el ánimo sino alguien que ya conozco? Lo escaneo con la mirada.

—La verdad que no —contesto consternada después de un rato—. ¿Quién eres?

—¡Mala fisonomista eres, Belén! ¡Es el colmo! Él es...

—Alexis Nieto —interviene el hombre y cuando lo dice por fin puedo ver el rostro del chico que tanto me gustaba en la secundaria.

Ahora sí mis labios están pegados. Ni siquiera un ruidito sale del fondo de mi garganta. *¿Alexis Nieto es mi premio sorpresa?*, pienso. Y entonces escucho a Pachuli diciendo:

—Hace un tiempo nos volvimos a encontrar y desde entonces hemos estado saliendo.

Trato de dibujar una sonrisa, pero lo que sale debe parecer raya chueca.

Pachuli por fin recapacita, se da cuenta de lo que está sucediendo, se despide y empezamos a alejarnos.

—No te lo quería ocultar, sólo que nunca tuve un buen momento para decírtelo —me explica cuando ya estamos llegando al ascensor.

—¿Y hoy te pareció un buen momento? —Me siento herida, aunque no estoy segura por qué. ¿Será porque ella no confió en mí lo suficiente como para dejarme saber lo que estaba ocurriendo o porque por un instante me entusiasmé con Hottie Mc Scottie?

Tengo que admitir que me alegra que Pachuli haya encontrado a Alexis, a su Hottie Mc Scottie como ella prefiere llamarlo, un poco haciendo alusión a su físico un poco intentando deslindar el chiquillo de nuestra juventud del hombre del presente. Me parece bien. Me sentiría rara si tuviera que escucharla hablando de Alexis Nieto. Sin decirnos nada implícitamente, yo me hago la que nunca he tenido contacto con Hottie y Pachuli se hace la que el profesor no fue su segundo marido. Listo. Problema solucionado. Bueno, no tanto, con Kalet las cosas han estado bastante difusas. Mi amistad con él es sólida pero complicada, original pero inconsistente, cálida pero no ardiente. Y es que no nos hemos dado la opción de la intimidad física.

Voy cruzando el estacionamiento al anochecer. Se me ha hecho un poco tarde para darme el encuentro con mis amigos. El cielo está de unos colores asombrosos, me obliga a levantar la vista y maravillarme a cada paso que doy. Sin darme cuenta me choco con un hombre que debía haber visto. ¡Qué vergüenza! ¡Y ahora sí que no llego a tiempo! Cuando voy a decirle algo lo reconozco.

—Eres el primo de Anselmo, ¿no? —digo a modo de disculpa.

—Sí… ¿Y tú eres…? ¿Belén?

—Exacto. Qué buena memoria. Oye, perdona el encontronazo. Es que el cielo te obliga a distraerte del camino.

—Justo yo estaba tomando fotos —dice y me muestra su cámara.

—¿Estudias aquí? —le pregunto. No recuerdo haberlo visto en el campus antes, aunque él es mayor, como de nuestra edad.

—No. Para nada. Terminé hace rato y no pienso regresar —bromea—. Vine a ver al rector… es uno de mis clientes… Bueno, qué gusto verte —me dice y empieza a caminar en dirección opuesta.

Me lo quedo viendo. No se parece para nada a su primo. Si Anselmo es leche con café, este es café con leche. Si Anselmo es impecable, este más bien se ve recargado en su vestir. Si Anselmo es refinado, a este lo encuentro de primera vista bastante huachafo. Y sin embargo hay algo acerca de él que se me hace interesante. ¿Tal vez el hecho de que ni me presta atención? ¡Ni siquiera me miró a los ojos cuando conversamos! ¡Qué broma conmigo! ¡Rodrigo no me reconocería! Creo que de tanto parar con Pachuli, ya veo a cualquier hombre como potencial amante… Y es que a pesar de todo el circo que he vivido, todavía no me saco el clavo de una buena revolcada para reestrenarme ya… Y mientras más tiempo pasa, más me preocupa que seamos, para siempre, yo y mi vibrador noche tras noche. Necesito a alguien "normal" ya mismo.

Veo al primo de Anselmo subir a un BMW del año. Me doy cuenta de que en verdad no sé nada de él, ni siquiera su nombre. Pero al toque Pachuli me saca de mis cavilaciones con una llamada de esas suyas, que siempre son urgentes.

—¡Apurashioooonnnn pues Belén, no seas tan lentita! Ya estamos en la tercera ronda. En este punto ya te ganaste el título de conductor designado. *¡¡¡Wohooo!!!* —grita en el teléfono y cuelga. Seguro que Alexis anda por allí, porque se pone *ya no ya* en su presencia, como una chiquilla que quiere ser el centro de atención a toda costa.

Yo no sé por qué tanto apuro, si en verdad somos los mismos de siempre, menos Kalet, que últimamente evita las situaciones en donde puede tomar demasiado, perder el control y *tratar de hacer el papelón de nuevo conmigo*, sus palabras.

Al llegar al restaurante me encuentro con mis amigos y un personaje extra: el primo de Anselmo. *¿Y a este quién lo invitó?*, me pregunto mientras lo saludo con un beso en la mejilla. Luego recuerdo que este es el venezolano que Calvin y Klein me querían presentar originalmente.

Terminamos sentados el uno al lado del otro. Llegan las tapas españolas y fluye el tinto. Me enfoco en la conversación con él, me gusta el ritmo de sus palabras, la cadencia de su acento, la originalidad de su hablar. Tiene mucha chispa en la manera en que cuenta las cosas y a pesar de que lo hace para la mesa, de rato en rato se asegura de fijar su mirada en mí, de hacerme sentir que esa *performance* es para mí. Todos le dicen O, pero no creo que ese sea su nombre.

—Disculpa —le digo—. Hemos pasado toda la comida juntos y no sé tu nombre… —La curiosidad me ha ganado.

Él me mira, se sonríe atrevido y acercándose me lo dice al oído.

—¡Estás mintiendo! —le digo—. ¿Qué madre va a poner ese nombre a un bebé?

—¿Qué pasó? —pregunta Alexis desde el otro lado de la mesa.

—Dice que se llama Orgasmo… Urbano… Orgasmo Urbano —digo a voz en cuello—. ¡No me lo creo!

Calvin y Klein cruzan miradas y sueltan las carcajadas.

—¿Es en serio? —pregunto.

—¡Claro que lo es! —contesta Orgasmo—. A mí me gusta mi nombre. ¡Me ha traído buena suerte! —Guiña el ojo a sus amigos y levanta la copa para brindar.

—Tal vez me traiga suerte de aquella a mí también —le digo sensual. Se me ha escapado decirlo. ¡Tengo que dejar de tomar! Él me quita la mirada y empieza a hablar de sus negocios. *Oh, no, you didn't!!!*

El carisma de Orgasmo me tiene loca. El hombre no es guapo, para nada, hasta quizá se puede decir que es feo, pero igual vivo prendida de él, de lo que hace, de lo que dice. Lo que le falta de atractivo en lo físico le sobra en la personalidad. Y encima es promotor de eventos, sobre todo para personas que quieren convertirse en inversionistas y pagarían por conocer los secretos de aquellos que han alcanzado el éxito. Él ya está haciendo en la vida real las cosas que yo sueño con hacer una vez termine de estudiar. Con él todo es *exciting,* no me canso de su energía.

A Pachuli no le gusta mucho. Dice que le parece uno de esos fanfarrones, charlatanes, que venden demasiado pero no entregan nada.

—Nunca me ha gustado la gente que mezcla temas religiosos con dinero, amigüis. Esos son dos planetas totalmente diferentes que ni siquiera deberían rozarse —me comenta mientras picamos verduras en la cocina—. ¿Qué es un Sistema Bíblico Para Acceder A La Promesa Divina Acerca De Tu Potencial, *anyway*? —murmura fastidiada y deteniendo lo que está haciendo empieza a tamborilear los dedos sobre la punta del cuchillo.

—Yo creo que es algo bueno lo que está haciendo. Ayudando a otros a tener acceso al consejo de los mejores inversionistas. Es un montón de trabajo, ¿sabes?

Pachuli me mira irritada.

—Y estoy segura de que ganan bastante bien los que organizan el evento… pero a costa de los que van con el deseo de las riquezas prometidas.

—¡Pero si es de inversiones! Les dan buenos consejos. Mira que Klein ha invertido con Orgasmo y ya ha recibido un cheque de dividendos. ¿Cómo va a ser eso, si no está bien el negocio?

—El negocio es los eventos, los libros, las cintas, las reuniones adicionales… Todo eso cuesta, ¿no?

—Eres una brujis cuando se trata de etiquetar a otros. Ven a uno de sus eventos para que veas que Orgasmo no es como tú piensas…

—No necesito ir para ver que aquí hay algo que no cuadra. Aparte que Calvin también tiene sus sospechas acerca de la sustentabilidad del rédito de esas inversiones y no quiere que Klein ponga más dinero en esa olla. No todo lo que brilla es oro, Belén. ¡No te dejes impresionar con tanta facilidad!

En lugar de rumiar lo dicho por Pachuli y tratar de sacarle algún tipo de provecho, la conversación me causa una tremenda indigestión mental. Me pongo rebelde, testaruda, insurrecta. Es posible que yo entienda menos de las cosas que pasan en este país o que sea demasiado ingenua o no lo suficientemente desconfiada, pero me parece que ser como soy es mejor que vivir detrás de barreras colocadas antes de que suceda nada.

Le tengo que demostrar a Pachuli que está equivocada. Me voy directo a Kalet y le pregunto si él iría conmigo a uno de los seminarios de inversionistas que organiza Orgasmo. Mi profesor se niega a acompañarme y, al igual que mi amiga, me advierte que las propuestas de altos beneficios con poco riesgo son por lo general estafas.

—Igual no importa porque Orgasmo es solamente el organizador. Aparte que de seguro tienes celos —le digo indignada. La falta de contacto físico con él me está provocando un problema de autoestima. He pasado la "culpa" de una condición médica de él a mí. Igual que Pachuli cuando era su esposa, de alguna manera pienso que la idea de tener relaciones sexuales conmigo lo pone tan tenso que su mente ocasiona un dolor que lo derrumba, que lo castiga por sus propios deseos. Mientras tanto mi amiga se encuentra en una época de renacer sexual con Hottie Mc Scottie. *Oh, yes*, el escándalo que se propaga por toda la casa cada vez que se "encaman" me tiene bien enterada de sus andanzas pasionales y lo bueno que es Alexis en la cama. Y yo me pongo tan *fucking* caliente de sólo sentirlos en pleno revolcón… ¡Es inaguantable!

Saliendo de la casa de Kalet, Orgasmo llama y yo estoy hecha un pichín. No le digo nada a él, pero lo puedo sentir en mi voz.

—¿Estás arrecha? —me dice y yo me sorprendo de la manera tan natural con que lo ha dicho. *Así serán los venezolanos, pues, tan calientes que te preguntan si estás excitada como si no fuera nada*, me digo.

—Sí —contesto con la misma naturalidad.

—Puedo hacer algo para ayudarte? —pregunta Orgasmo. *¿Y esa pregunta?*, me pregunto. *¿Acaso no establecimos hace un segundo que estoy arrecha? La única conclusión lógica es que necesito que alguien me calme el aguijoneo desesperante que estoy sintiendo.*

—Sí —contesto. Él no me ve, pero yo ya estoy tocándome en el carro—. ¿Qué tal si nos encontramos? —propongo en una voz sensual que parece salida de algún otro tipo de libreto que nunca he usado.

—Tengo que ir al hotel a preparar el evento de esta noche, pero si quieres nos damos el encuentro en el bar en media hora…

—¿Tienes una habitación? —pregunto con esa voz que no es mía.

—637 —contesta y cuelga.

El tráfico es un espanto a esta hora del día. Avanzamos despacio mientras mi deseo crece. Mi necesidad de ser saciada ha ido aumentando en la medida que Orgasmo me busca y me ignora, me atiende y se desentiende, me quiere y no me quiere. Momentos de felicidad seguidos de incertidumbre. Nunca sé dónde estoy parada con él y eso me hace desearlo aún más. ¡Una se pone muy competitiva en estos asuntos!

Al llegar al hotel, en mi mente veo a mi presa cerca y me apresuro. Cruzo la recepción deprisa, subo al ascensor y me dispongo a canalizar todo lo que mi cuerpo está sintiendo. *It's now or never*, digo al ver el número 637.

Orgasmo abre la puerta antes de que yo toque. Seguro ha estado husmeando por la mirilla y me ha visto en el pasillo. ¿Estará tan excitado como yo? Nunca puedo predecir con él. Se ha puesto la bata blanca del hotel, el cuarto de baño todavía despide la humedad de la ducha caliente.

—Ahora sí dime por qué estás arrecha — pregunta y se sienta al borde de la cama. Puedo ver sus vellos oscuros sobresaliendo de un pecho que termina en una panza más o menos considerable.

Yo no puedo creer que me esté haciendo esa pregunta. Me gustaría decirle que hace tiempo que nadie me da un "servicio completo" y que sus palabras en el teléfono me encendieron y me provocaron sin vuelta atrás, pero tal vez me lo tome como que soy muy puta… y esa no es la impresión que le quiero dar.

Me toma de las manos y me hace sentarme a su lado en la cama.

—Dime… —insiste.

—No sé qué decir… cómo explicártelo… Es que estaba hablando con Pachuli y…

—¿Se han peleado? ¿Por eso estás arrecha?

—¿Qué? ¡No! ¡No hay nada que me ponga así de caliente por Pachuli! ¿De qué hablas?

Orgasmo se lleva la mano a la frente y suelta la carcajada.

—¿Qué es arrecha para ti?

—Excitada, pues…

—Para mí es estar molesto. ¡¡¡Verga!!! ¡Te pregunté si estabas molesta no si estabas excitada!

Mientras él ríe a mí me invade la mortificación. ¡Una sola palabra y mira el problema que me ha creado!

—A los venezolanos les debe haber tocado los españoles de otro planeta, que aquí estamos con el mundo al revés —digo a manera de explicación.

—Serán ustedes los que hablan raro, que nosotros tenemos el español de Bolívar —se defiende como si yo hubiera dicho el gran insulto. *¿Acaso no todos saben que el castellano del Perú es el mejor?*, me pregunto con esa mentalidad de princesa fuera de sitio que a veces tengo.

—Te lo perdono, por ahora… ¿oíste? —me dice juguetón y me toma la cabeza con sus dos manos—. Pero como me hables de la comida peruana… —

susurra mientras empieza a desnudarme con la paciencia de quien está por dar una clase maestra.

Las ganas me consumen. Quiero estar con él, que Orgasmo me lleve a aquel país en donde en un minúsculo instante sideral se instala la sonrisa infinita, pero me falta el empujoncito para lograrlo, para entregarme plenamente.

—Espera. Nunca he estado con un hombre… después de que murió Rodrigo… —trato de explicar.

—¿Acaso no estuviste con Anselmo? —replica sorprendido.

—No…

—Entonces… eres como virgen… —sonríe sabiéndose ganador de algún premio machista que le robó a su propio primo.

—Sí. Creo que podrías decir eso.

—No te preocupes. Seré delicado —dice con la maestría de quien ha dicho algo así muchas veces antes.

No creo que se pueda comparar el amor de juventud temprana con este renacer en los brazos de alguien que en realidad no conozco pero es quien necesito en este momento. Orgasmo me ayuda a atreverme, a mirar la meta a la distancia y convencerme de que no solamente puedo si no también que me lo merezco. El dulce intercambio del dolor por la pasión.

Vamos cruzando fronteras, catando el sabor salino, amargo y dulce de nuestras diferentes pieles, probando diversas posiciones. Con cada cambio el deleite aumenta, se acumula, se multiplica. Soy plastilina en sus manos toscas, me dejo moldear a su gusto. Al quitarse la bata del todo veo que tiene una cicatriz en el torso, diagonal, desde el hombro derecho hasta la pelvis izquierda, encima de ella se ha tatuado serpientes que ahora ondulan sobre mí como si estuvieran vivas. Quiero preguntarle cómo se hizo esa herida, pero de inmediato regreso a concentrarme en lo que estamos haciendo porque él ya me ha tendido sobre la cama y tomando mis brazos y colocándolos por encima de mi cabeza, se ha situado sobre mí y ha empezado a penetrarme. Lo miro a los ojos y él me devuelve la mirada sonriendo. El dolor del inicio se transforma en placer.

Él pulsa sobre mí, bombea agresivo, su mirada lasciva se clava en la mía. Mete y saca sin piedad ahora. Nos sincronizamos. Entra y sale, cada vez más adentro, cada vez más profundo, cada vez más fuerte. Empezamos a sacudirnos por la llegada del ansiado clímax, el tiempo se detiene, rayos multicolores detrás de los párpados, olas huracanadas levantando todo. Veo la orilla, la paz ansiada, al otro lado, me quiero quedar por siempre aquí.

Estoy prendada de Orgasmo. No tengo otra manera para resumir lo que siento. Nunca pensé que lo estaría. Definitivamente no es mi tipo. O no es lo que pensé que sería mi tipo. Andaba buscando a alguien que tomase el lugar de Rodrigo, que sea como mi Rodrigo, y termino suplantándolo con alguien a quien en otra vida no le hubiera dado ni media mirada, Es raro lo que sucede después de un encuentro íntimo. Sobre todo, cuando él es el primero que te rescata de tu segunda virginidad, de tu virginidad forzada, de tu virginidad a cuestas. Me percibo tan necesitada de él que me hace recordar de lo que dicen que sucede con los bebés recién nacidos, que forman un nexo muy fuerte con la primera persona que les ofrece amor, seguridad y lo que necesitan para sobrevivir. Me gusta pensar que soy una mujer independiente pero desde que Orgasmo entró a mi vida, cuando él está cerca me siento estimulada, llena de energía y contenta; pero cuando me toca no verlo porque está de viaje de negocios, parezco una flor marchita esperando a que él regrese a regarme con su luz.

Pachuli dice que estoy embobada, adicta casi. Que hasta me da la tembladera cuando él no se comunica por unas horas.

—Me gusta verte contenta, no me tomes a mal, ¿pero no sientes que puedes estar con alguien mejor? —me dice Pachuli cuando se cansa de verme mirando mi teléfono a cada rato, a ver si Orgasmo me ha texteado o si a lo mejor el timbre está apagado y me ha estado tratando de llamar.

Hoy ha sido un día particularmente pesado. Orgasmo está de viaje en otro estado, haciendo unos negocios muy importantes según lo que me explicó antes de partir, pero ya van cuarenta y ocho horas que no da señales de vida y yo estoy en mi última lona con la paciencia. Pachuli me ha visto tan mal que ella misma ha llamado a Kalet para que venga a acompañarme. Y el profesor no se ha tardado nada en llegar. Me parece increíble que a pesar de todo lo que yo le he hecho, él siga firme a mi lado, perdonándome, apoyándome, consolándome.

—Deberías dejarlo —dice Kalet sentándose a mi lado, acariciando mi cabello—. Hay algo acerca de él que no me termina de cuajar…

A mí me parece que él y Pachuli están exagerando sus miedos. Y yo entiendo: me están protegiendo, no quieren verme sufrir, me desean lo mejor. Y para mí lo mejor en este momento es Orgasmo. No sé por qué, no lo puedo explicar, pero creo que el haber sido mi primero después de Rodrigo lo convierte en alguien extremadamente especial en mi vida.

Con todo y eso, igual en ese momento me entra un berrinche mental y me siento obligada a defenderme de los presuntos ataques de Pachuli y Kalet.

—¿Es por el sexo? —pregunto. Sé que no estoy siendo ni justa ni buena con él que por nada quiere abandonarme—. ¿Le tienes cólera por eso? ¿Porque él pudo y tú no puedes…?

Kalet se queda mudo. Su rostro enrojecido. Le estoy causando dolor y no me importa. Soy una mierda, lo sé.

—¿Estás loca, Belén? Lo único que Kalet está haciendo es ayudarte y ¿tú respondes con puñaladas? —grita Pachuli—. No tienes por qué aguantar esto, Kalet. Salgamos, que Belén está hecha una idiota hoy… —dice y lo jala del sofá. Él no se deja, permanece estoico a mi lado.

—No le tengo envidia —contesta por fin Kalet—. No me gusta que aparezca y desparezca sin darte cuentas. Que te encienda y te deje prendida y se vaya a Dios sabe dónde…

A veces Kalet me rebasa con su bondad. No me lo merezco, pero igual sigo dándole espacio en mi vida. ¿Cuál es mi necesidad de hacerle eso? ¿Castigarlo porque no me pudo complacer y ahora tengo que apañarme con alguien de inferior calidad?

Pachuli lo jala de nuevo. Esta vez logra levantarlo, pero antes de partir dice las palabras más enternecedoras que he escuchado en mi vida entera:

—Yo entiendo que lo nuestro es más platónico que nada, que nunca me aceptarás, al menos no con el problema que tengo, pero eso no significa que no quiera lo mejor para ti. Yo te adoro, Belén, incluso si eso significa verte feliz con otro.

Lágrimas bajan por mis mejillas mientras lo veo alejarse. Él está hablando de palabras mayores y yo sigo dándole vueltas a los deseos carnales. ¿Por qué somos tan idiotas, tan obsesivos, los seres humanos? ¿Es que solamente tenemos ansias de luchar por aquello que está fuera de nuestro alcance, así sea algo o alguien que no nos convenga? Yo también presiento que algo no marcha con Orgasmo y sin embargo me niego a dejarlo ir. Su *impronta* en mi alma, en mi cuerpo, en mi mente, es demasiado fuerte.

Saliendo del supermercado, Anselmo Urbano aparece de entre un par de automóviles y me da el gran susto. Grito antes de darme cuenta de que es él.

—¡Belén!

—Anselmo… qué… ¿qué estás haciendo aquí?

Me horrorizo. Estoy sola en la parte más lejana de un estacionamiento inmenso, y él es un criminal violador, que yo sepa.

Él se acerca y yo retrocedo. Busco en mi cartera algo con qué defenderme. Creo que Pachuli me puso un espray de pimienta y un cuchillo pequeño, pero ahora me arrepiento de no haberle hecho caso cuando me ofreció una de esas pistolas Taser.

—Rompiste conmigo por él… Y hasta ahora me entero de lo que te dijo acerca de mí y vengo a cuadrar cuentas.

Lo veo extremadamente agitado. Luce ojeroso, las ropas ajadas, de doble y hasta triple puesta, marchito en su totalidad diría yo. Su mirada persigue la mía mientras yo intento por todos los medios evadir la suya.

—Tengo que irme —lo corto antes de que se altere más o yo diga alguna impertinencia que lo descuadre tanto que termine atacándome de verdad.

Empiezo a caminar hacia mi carro con toda la rapidez que puedo.

Anselmo me intercepta. Su rostro desencajado, sus manos temblorosas. Me pide con la mirada que me detenga, que lo escuche un momento. Quiero hacerlo, pero no puedo arriesgarme, ponerme en peligro.

—Es que rompiste conmigo y no me diste la oportunidad de explicarme… —reclama mientras yo trato de seguir mi camino.

Ha logrado frenarme. Si hay algo que no soporto es que me tilden de injusta. Me vuelvo hacia él furibunda.

—¿Rompí contigo? No, no, no… No te hagas cuentitos de hadas en la cabeza… lo nuestro fue… fue… Bueno, en verdad ni siquiera llegó a ser…

—*Okay*, me dejaste por lo que Orgasmo te dijo y te aseguro que no es la verdad… Nada acerca de él es verdad, Belén… ni siquiera su nombre. Su verdadero nombre es Onésimo… él se lo cambió para hacerse el interesante.

Me calmo. No me parece que Anselmo esté aquí para hacerme daño.

—Lo que vine a decirte es que tiene otras mujeres en otras ciudades… una colección de mujeres, una de cada país latinoamericano. No eres la única que está con él.

—Ahora sí que estás mintiendo —contesto. Mis ojos enrojecen. No le quiero creer. Aunque por mi mente circulan todas las veces que he sentido que Orgasmo me oculta algo. Mi corazón corre desembocado, la adrenalina del dolor y la pasión confluyendo como una inyección de heroína en mis venas, mis pensamientos en sobremarcha.

—Tengo la información aquí —dice y me ofrece un lápiz USB—. Además, si no me crees pregúntale por qué tiene esa herida al costado. Te dirá algo que no es verdad, que se la hizo en safari en África, por ejemplo… Pero la verdad es que se la hizo una de sus mujeres cuando lo descubrió con otra.

—Estás haciéndolo para devolverle lo que él te hizo —digo y doy un paso para atrás. Él ve que mi bolsón está abierto y sin decir nada pone el *pen drive* allí. Yo no se la peleo. En el fondo sí quiero saber.

—Por cierto, una cosa más: lo de la violación y la cárcel tampoco es lo que él te dio a entender. La niña de la que él te hablo era una joven que era mi novia. Nuestra intimidad fue descubierta por sus padres, que no querían verme con ella por motivos sociales, y me demandaron a la policía. Pasé un mes en la cárcel y luego se resolvió todo. ¿Como ves? Orgasmo te metió un cuento para sacarme del medio. Quería una peruana en su colección… y la obtuvo a costa de mí.

Me quedo de una picza. Le marcó a Pachuli. Le cuento lo que ha sucedido. Me promete estar a mi lado pase lo que pase.

Pensé que la conversación quedaba entre nosotras; pero sin que se lo pida, Pachuli tiene la junta ejecutiva de mi vida personal convocada en la sala para cuando llego a casa. Están todos: Klein, Calvin, Roxanna, Yenny, Mark y hasta el mismísimo Kalet. ¡No es lo que necesito en este momento! Son siete contra uno. Lo sigo viendo como si se tratase de mi opinión contra la de ellos. No puedo ver lo que ellos ven: somos ocho en la conversación tratando de sacarme del wáter en el que Anselmo me acaba de tirar.

Es demasiado tentador dejarlos a todos hablando entre ellos, ignorar por completo lo que he escuchado, hacerme la tonta y seguir con Orgasmo como si nada. Quisiera ser invisible en este momento, pasarme de largo la sala y seguirme hasta mi habitación.

En lugar de eso, tomo mi asiento frente a ellos. Una vez más, víctima. No es que ellos me vean así, sino como yo me siento.

Respiro hondo y les doy cara.

—¿Crees que te ha dicho la verdad? —pregunta Pachuli una vez que me ve tranquila.

Me quedo callada. Quiero asentir pero mi nuca se siente tan tiesa como un pedazo de madera. Kalet me sirve un vaso con jugo de piña. Calvin hace un gesto gracioso para hacerme acordar de esa vez de la piña patas arriba en el Publix. Le devuelvo la sonrisa. Mi cuello se libera.

—Creo que... existe algo de verdad en lo que me ha dicho —digo tratando de convencerme a mí misma.

—Pero él tiene sus propios motivos para hacer quedar mal a su primo... —dice Klein y añade—: Cuando esto pase, tienes que perdonarnos por haberte puesto a esos dos enfermos en tu vida. En verdad que no sabíamos que eran así...

—¡No te salgas del camino, Klein! Primero Belén y luego pedimos todo el perdón de rodillas que quieras —Calvin lo corrige—. Pero... Vamos a ver, ¿cómo averiguamos si lo que dice Anselmo es cierto? ¿Le creímos a Orgasmo la primera vez y ahora le creemos a Anselmo?

—Hay que verificar… ¿no les parece? —añade Yenny desde la cocina donde está preparando unos bocaditos.

Mientras tanto, yo tengo el lápiz USB en mi cartera y no digo nada.

Un mes camina entero sobre nosotros y todavía no tenemos nada en claro. Mis amigos siguen investigando, jalando las hebras de sospecha que van encontrando, pero la trama no desarrolla. Yo decido hacer caso omiso de las advertencias de Anselmo, descartarlo después de etiquetar lo que me dijo como las locuras de un perdedor encolerizado, ignorar las pruebas potenciales que todavía yacen al fondo de mi bolso.

Sigo con Orgasmo, ¿por qué lo iría a dejar si todo lo que he escuchado son historias fantásticas de una mente celosa? Quiero pensar que lo que veo frente a mí es la realidad, que él no me está mintiendo. Pero cada vez que desaparece durante muchos días el miedo a perderlo se acrecienta. Siempre me da explicaciones perfectamente razonables. El trabajo, los clientes, las fiestas que tiene que atender, los eventos que le toca organizar. Yo igual lo llamo, le mando textos, espero su respuesta. Hasta me quedo dormida en cualquier sitio agarrando con fuerza el celular. ¡Patético!

Mis amigos se convierten en mi conciencia viva. Pachuli es una ladilla y Kalet no se separa de mí.

—Tu comportamiento compulsivo te está llevando de enamorada a acosadora —me recrimina

Pachuli. Ella quiere hacerme ver lo que yo no quiero ver.

—No es compulsivo ni adictivo ni nada de eso. No veo nada de malo en querer estar con alguien que me gusta —replico fastidiada. El estómago gruñe pero no le hago caso, no voy a comer hasta que Orgasmo me llame.

—Mírate: pareces una *junkie* esperando su próximo *fix*, si hasta te has bajado de peso… y tú ya eres demasiado delgada —insiste Pachuli.

—A Orgasmo le gustan las flacas esqueléticas. Así le gusto más.

—A Onésimo —dice Pachuli subrayando el hecho de que, según Anselmo, hasta el nombre de Orgasmo es una mentira—. Lo único que le gusta es él mismo. Es un narcisista que busca controlarte con sus jueguitos de tira y afloja. ¿No te das cuenta? ¡Te has vuelto dependiente de él!

—Cuando estás con él, todo está bien y estás contenta. Pero cuando desaparece, tu animo se va al suelo, te sientes de lo peor y ya ni puedes hacer las cosas normales de la vida… si hasta tus estudios están sufriendo y varias veces no has querido hablarle a los mellizos —Kalet me dice sentándose a mi lado mientras intenta masajear con delicadeza mi espalda nudosa de tanta tensión.

—Aparte que también te tenemos que contar algo: esos eventos de negocios… Una amiga mía, una catedrática con doctorado, fue el otro día a una de esas charlas de inversiones. Es una pirámide, Belén —dice Pachuli con seriedad.

—¿Qué es una pirámide? —pregunto.

Kalet y Pachuli intercambian miradas de solidaridad mezclada con angustia.

—En corto: una pirámide es una estafa. Parte de la pirámide es reclutar a ilusos que pagan por las charlas, los libros, videos, casetes y demás elementos promocionales con la ilusión de que llegarán a ser los dueños de empresas con millones en utilidades. *Mind you*, esto se lo dicen a todos y cada uno de los babosos que quieren creer que lo que les dicen es verdad. Orgasmo… Onésimo… o como puta se llame el cabrón está metido en negocios turbios —dice Pachuli—. Aparte de eso, las inversiones son falsas. Calvin me lo confirmó… ¿Te acuerdas que Klein se entusiasmó y puso dinero? Bueno pues, esta es una estafa dentro de una estafa: le mandaron un cheque por una cantidad bastante fuerte. Ellos estaban contentos viendo que la timba sí les funcionó. Luego, le llaman a Klein para decirle que ha habido una equivocación y que tiene que devolver la cantidad que le giraron en el cheque y que otro cheque iba en camino. Klein depositó el cheque que le enviaron esa mañana, así que envió otro cheque por la misma cantidad. Cuando se dio cuenta, el primer cheque había rebotado. La estafa estaba completa.

Mi instinto es defenderlo. Defenderlo a él es defenderme a mí misma por ser parte de los *babosos* embaucados por esta maquinaria del engaño que Kalet y Pachuli descubren frente a mí.

—Pero él es solamente el organizador de los eventos. Es bastante posible que no sepa nada acerca de lo que ustedes dicen.

—No sabemos si eso es cierto, Belén —dice Kalet.

—No te conviene, Belén. Y encima, nada de lo que sabemos hasta ahora explica en dónde está o qué está haciendo cuando desaparece del mapa.

—Que ahora es a cada rato —añade Kalet acomodándome un cojín detrás de la espalda.

Me quedo callada, pensando. Desde que Anselmo me contó lo que sabe de Orgasmo y las otras mujeres las sospechas han ido acumulándose. En el fondo yo siento que lo que me ha dicho es la verdad, pero igual necesito ser convencida.

Kalet me masajea lentamente el cuero cabelludo. ¡Cómo quisiera poder empezar de nuevo con él! Me ha dado todas las oportunidades y yo lo sigo tratando como mi perrito faldero, haciéndole escuchar todas mis quejas acerca de Orgasmo; y, peor, contándole de nuestras escapadas sexuales.

Abro la cartera, saco el *pen drive* y lo pongo en la mano de Kalet.

—Yo no puedo ver esto sola. Lo vengo cargando hace tiempo y no me he atrevido a abrirlo… —le digo con un gesto de fatiga al saber que al entregarle el lápiz USB estoy rindiéndome, sacando el pañuelo blanco y permitiendo que por un momento él tome el volante y me ayude a buscar un nuevo rumbo. Lo beso en la mejilla y él se sorprende—. Veamos qué es lo que Anselmo quería mostrarme —digo.

El *memory stick* viene cargado de lo peor de Orgasmo. En una especie de presentación tipo Power Point, Anselmo ha colocado fotos de cada una de las mujeres que, igual que yo, piensan que están saliendo con él en calidad de "enamorada oficial". En cada página también ha escrito la nacionalidad, dirección y número de teléfono.

Pachuli busca un mapamundi de esos antiguos, en papel. Lo coloca sobre la mesa de la sala y va escribiendo el nombre de cada una en su respectivo país. Al terminar vemos que en verdad se trata de una colección, tal y como lo dijo Anselmo esa noche en el estacionamiento. Le faltan algunos países: Honduras, Panamá, Paraguay y Chile. Pero, aparte de eso, están representantes de las otras nacionalidades (contando todos los países desde México hacia el sur, así como las islas del Caribe, incluido Puerto Rico).

Estoy roja de la vergüenza. La traición es masiva. Me pregunto si las otras sabrán de la existencia de todas nosotras. ¿Hay alguna oficial o todas somos satélites?

El documento también muestra unos datos de interés que sirven para encolerizarme más: la rotación en la que cada una de nosotras está. Y la manera en que sus viajes y "desapariciones" coinciden con el tiempo preciso en que él se encuentra usufructuando de alguna de sus otras mujeres.

—El tipo es seriamente organizado. Hay que tener habilidad para hacer que este despelote resulte —dice Kalet abriendo los ojos con incredulidad.

—Y tener demasiada energía para gastar en hacer cumplir a la perfección un proyecto diseñado para engañar. Me agoto solamente de pensar en las mentiras que tiene que decir para hacer que todas sus coartadas funcionen... ¿Te imaginas? —añade Pachuli, sirviéndonos cervezas que acaba de sacar de la refrigeradora.

—Creo que voy a necesitar algo más fuerte —contesto. La rendición de hace un rato se acaba de convertir en una declaración de guerra.

Planeamos la movida mientras sigo saliendo con Orgasmo. Queremos tener todo en su sitio en el momento preciso. Nunca he sido vengativa, pero esta vez me voy a dejar llevar por lo que reclama mi cuerpo entero: revancha de la buena. Y lo más importante: el castigo tiene que estar a la altura del crimen.

Nos hemos repartido el peso entre todos, de modo que a cada uno le toca una cantidad (pequeña, se podría decir) de mujeres. Queremos hablar con todas y cada una de ellas. Ponerlas al corriente de los detalles que circundan su relación con este embaucador a nivel ligas mayores y pedirles un gran favor.

—Si son tan empedernidas como yo, nos van a dar pelea —digo anticipando posibles obstáculos.

—Tal vez tú deberías hacer las tuyas primero; y así podemos aprender qué funciona y qué no.

—Llores, gritos, portazos —dice Kalet—. El enamoramiento puede ser obstinado.

—Trago, mucho trago… y un tronchito de marihuana para aliviar la caída puede ser eficaz —añade Pachuli—. ¡Será duro pero entretenido!

La primera mujer que visito se llama Nidia, es salvadoreña y vive en Georgia. No le doy un aviso previo de mi llegada. Simplemente toco a la puerta. Le digo que le traigo algo de Orgasmo. Ella me recibe en su casa, me hace pasar, dos niños pequeños aparecen en la sala, saludan y se despiden. Le pregunto si Orgasmo es el padre, ella me contesta que sí. Es la primera puñalada de las muchas que estoy segura sentiré cada vez que me enfrente a la realidad del caos creado por el revoltijo de egocéntricas mentiras de este hombre.

Nidia no me quiere creer cuando le explico que soy "la otra" (retengo por el momento la carta en la baraja en la que le descubro que en realidad somos muchas, muchísimas otras). Por lo que puedo deducir, Nidia es una muchacha educada dentro de un sistema machista que hace poco o nada por ofrecer a la mujer las herramientas necesarias para pensar por sí mismas o tomar acciones que las beneficien. Ella dice que nunca ha tenido siquiera la sospecha de lo que hace su supuesto ¿¡marido!? cuando está de viaje (me quedo pensando si además de mitómano, Orgasmo es también polígamo). Y aún si lo supiera, me expresa Nidia de alguna manera un poco enrevesada de seguir, el acuerdo tácito entre ellos la obliga a amoldarse a él. Él provee lo que le parece, ella calla la boca. Él va y viene, ella se hace la de la vista gorda. Él es su rey, ella es su criada.

Se molesta conmigo. Está por pedirme que me vaya y la deje en paz. Sé que si fallo haciendo una conexión aquí, no hay manera de que las otras se adhieran al plan. Veo que tenemos el mismo colgante. Se me ilumina la mirada a pesar del sombrío descubrimiento.

—¿Orgasmo te regaló ese collar? —le digo señalándolo—. ¿También el anillo?

Ella levanta la mirada. Se da cuenta que estoy apuntando a mi propio collar y a mi propio anillo.

—Me dijo que era un diseño original, un pedido especial—contesta Nidia empezando a caer en la fatal conclusión de que tal vez debería sentarse y escucharme.

—A mí también me dijo eso —contesto—. No eres la única… —trato de consolarla.

—Tú lo puedes dejar. Tú no tienes hijos con él —dice en un tono suplicante.

—No he venido para eso… No me interesa tener una relación con él. Y cuando te cuente todo lo que te he venido a contar y te muestre las pruebas de su… si se pudiera etiquetar así… de su infidelidad, de verdad que no pienso que tú quieras quedarte con él tampoco. Créeme, lo que estoy por hacer te va a salvar de una condena perpetua con alguien que no te merece.

Nidia asiente temblorosa. Me da permiso para continuar. Yo he sentido esa furia destructiva apoderándose de mi cuerpo antes, puedo entenderla a la perfección. No la veo como la competencia, la veo como una víctima más de este lunático. Espero que se una a nuestra batalla en lugar de quedarse con él.

Mientras le explico acerca de las otras mujeres, de su colección en donde necesita una de cada país y nos va rotando como si fuéramos calzones limpios recién salidos de la lavadora, de sus fraudes con sus inversionistas... de la manera en que el dinero que le roba a otros va a pagar sus experimentos sexuales con todas nosotras, voy percibiendo en su mirada todos los matices de emociones encontradas debido a un golpe bajo: tristeza, decepción, vergüenza, angustia, ira, miedo, asco, indignación, odio.

Le tiendo la mano y ella coloca la suya. Nos miramos en acuerdo espiritual. Nos abrazamos. Me pregunto cómo diablos voy a poder someterme a esta tortura de ser la portadora de malas nuevas una y otra vez. Nunca pensé que lo diría, pero ¡*te odio Orgasmo!*

La realidad de lo sucedido me agarra de sopetón al ganar la calle nuevamente. Me desmorono por dentro, con las justas llego al carro y empiezo a llorar, a sollozar más bien, mi cuerpo empieza a tiritar bajo el fuerte sol de ese día, los espasmos de emociones me ciñen, me ahogan, siento que no puedo respirar, que me estoy mareando, las náuseas me invaden y un dolor intempestivo en la parte de atrás de la cabeza amenaza con tumbarme del todo.

Nidia ve lo sucedido desde la ventana. Corre a mi auxilio.

—No tienes que hacerlo sola —me dice—. Si me dejas, yo te puedo ayudar.

—¿En serio? —le contesto. La solidaridad entre mujeres debía ser todos los días así—. Por ahora compórtate como si nunca hubiésemos hablado, todo normal con él, ya sabes que las visitas en su rotación solamente duran unos días y luego todo es texto y unas pocas llamadas, así que creo que podrías soportarlo. Yo te haré saber cuando estemos listas para actuar. ¿De acuerdo?

Nidia asiente, sonríe un poquito, me ayuda a sentarme en mi carro, luego nos despedimos.

—¡Ah! Cuando puedas, y él no esté, haz una cita con tu médico para descartar que tengas enfermedades venéreas o VIH… —me detengo un metro más allá, bajo la ventanilla del carro y se lo digo procurando aparecer despreocupada mientras me acuerdo de que yo debería hacer lo mismo.

Llamo a Kalet desde el carro mientras manejo de regreso. Tengo que hacer una parada en el camino, pero creo que me acabo de establecer como la líder de este pequeño movimiento y de pronto me empiezo a sentir imparable.

—¿Cómo te fue? —dice Kalet lo primero apenas contesta.

—¿Estabas esperando mi llamada? —le pregunto de pura jodida.

—Mirando el teléfono como si se tratase de un salvavidas —concede en un tono alegre.

—Cuidado, que puede ser adictivo… —bromeo y hago una pausa antes de continuar. Me gusta sentir su respiración al otro lado de la línea, imaginar sus gestos, visualizar sus labios mientras enuncia cada palabra como si fuese la más importante en el diccionario—. Ummm… *okay*, sobre la visita: El comienzo fue cuesta arriba, como era de esperarse, pero apenas le mostré las pruebas me empezó a creer y para cuando partí ya la teníamos de nuestro lado.

—¿Te sientes bien?

—Bastante bien. Tomar el toro por los cuernos se siente de maravillas, en verdad. Puedo notar que voy desligándome del papel de víctima para tomar control de la manera en que quiero responder a esta afrenta.

—¡La afrenta de Corpes! —dice él citando lo que me imagino será algo de un libro o tal vez algo histórico.

—¿¡Olé!? —contesto y él me lo celebra pensando que entendí la referencia—. Y ustedes, ¿cómo van? —pregunto cambiando de tema antes de que salga con alguna otra cosa de cultura general que él piensa que todos sabemos (¡cómo no!), pero que no se da cuenta de que en realidad la mayoría nos pasamos de largo todos esos cursos.

—Le magnifique —bromea tirando otra de sus frasecitas—. Quiere decir, perfecto —añade cuando de pura pesada no le respondo. El silencio en las conversaciones, especialmente si él dijo algo y nadie comenta, lo mata del susto—. En serio, todo bien —salta a llenar el vacío y al otro lado de la línea yo sonrío.

Completar las visitas y convencer a todos los que necesitamos convencer nos toma un poco más de lo esperado. Es un tiempo desagradable en donde unas cuantas veces aquí y allá me toca estar con él. Y, sin embargo, entre todas las mujeres decidimos que aprovecharíamos nuestros "turnos" para empezar a hacerle a Orgasmo unas "pasadas" que de alguna manera le hicieran temer que el emperador está desnudo y todas lo sabemos. *The jig is up*, lo llama Pachuli

Un día le cuento de mi amiga Nidia de Georgia, una que he conocido a través de amistades mutuas en el Facebook. Su rostro se convierte en un Picasso de lo descuajeringado que se pone cuando me escucha pronunciar ese nombre.

—Tiene unos hijos preciosos —digo mientras le muestro las fotos en el perfil de Nidia—. Oye, ahora que veo las fotos de nuevo… ¡se parecen a ti! ¿No crees? Claro, no son tuyos, pero yo me imagino que así te podrían salir a ti… ¿No te parece? —digo y le acerco aún más la pantalla del teléfono con las fotos de los que en realidad sí son sus hijos. Él me ofrece una sonrisa nerviosa y me recuerda que sus hijos son sus eventos y los inversionistas de sus clientes. *¿Se creerá todo lo que dice?*, me pregunto ahora que sé que miente constantemente. *No veo otra manera de ser tan caradura*, es lo único que me puedo responder.

Una noche estamos en grupo y Pachuli empieza a hablar de otra de las mujeres, de Sandra, una mexicana que sospecha que su pareja le está sacando los pies del plato y piensa hacerle algo pronto, según lo que mi amiga comenta en voz lo suficientemente alta como para que todos, y en especial Orgasmo, escuchemos.

—Algo como lo de la Lorena Bobbitt sería perfecto, ¿no creen? —dice Pachuli mirando a las chicas que estamos en la mesa.

—¿Crees que sería suficiente? —pregunta Yenny mientras hace un gesto lascivo de cortar los genitales—. Mira que el esposo de la Bobbitt se recuperó e incluso hacía películas porno —nos reímos mientras varias hacemos muecas acerca del *look* que tendría ese pene tipo Frankenstein, luego de cortado y cosido horas después, como se pudo, para salvarlo de convertirse en eunuco.

Sabiendo lo que sé, ahora lo miro y todo lo que me gustaba en él se ha convertido en algo desagradable, que violenta mi humanidad, que me golpea en el cerebro, en el corazón, en el espíritu. Algo que me hace preguntarme constantemente: *¿Cómo pude ver algo en él? ¿Cómo pude ser tremenda idiota y no ver lo que escondía debajo de esa personalidad encantadora?*

Y es que todo en Orgasmo es un espejismo que él sabe explotar para su beneficio. Su instinto para escoger sus "marcas" es probablemente el talento personal más interesante que ha sabido desarrollar, ya que puede reconocer que todos los que hemos sucumbido a la ilusión de éxito que presenta en sus eventos y que hemos sido flechados por las palabras específicamente seleccionadas por él para cautivar, de alguna manera llevamos una herida que casi de manera automática nos clasifica como las "víctimas perfectas". No importa que él sea feo o guapo, carismático o no, lo único que importa es que los que vamos a caer estemos listos para caer, pues aquel que está en su punto más débil no puede ver lo que tiene delante.

Por suerte para nosotras el hechizo ha sido roto y pronto llegamos al día esperado. Orgasmo me da el alcance en un teatro moderno que está queriendo alquilar para uno de sus eventos. Viene apurado. Me saluda con un beso en la mejilla y entramos por la única puerta que está abierta, la de los actores, en la parte de atrás del edificio. Al ingresar nos encontramos con un pasillo oscuro, Orgasmo intenta encender la luz pero chispas salen al mover el interruptor. Encendemos las pantallas de nuestros móviles y seguimos caminando hacia el escenario. Orgasmo se ofusca, no entiende por qué hasta ahora no hemos encontrado a alguien del local para recibirnos. Lo calmo con una palmadita en el hombro. Vamos hasta el centro del escenario juntos. Las luces se encienden sobre la tarima casi cegándonos.

—Disfruta la presentación, puto —le digo y corro tras bambalinas mientras Calvin y Klein, vestidos totalmente de negro, aparecen de las sombras y lo toman de los hombros para mantenerlo en sitio.

Orgasmo se queja, forcejea. En la pantalla empiezan a mostrarse textos entre él y "sus mujeres", grabaciones de conversaciones, videos incluso de los diez hijos habidos de sus relaciones con diferentes "esposas" (que legalmente no lo son) y hasta evidencia de las estafas perpetradas contra sus inversionistas. Al final de las pruebas, desfilamos cada una frente a él y derramamos a sus pies una montaña de chucherías que él nos regaló en algún momento mientras le decimos a su cara todo lo que pensamos de él. El evento se graba y transmite en vivo por sus redes sociales. Y mientras estamos en el teatro, una agencia que hemos contratado coloca por toda la ciudad carteles denunciando al muy hijo de perra. Si no se va a la cárcel por estafa y poligamia, por lo menos la humillación pública lo perseguirá mientras el Internet tal y como lo conocemos exista.

Al terminar de hacer lo que vinimos a hacer, Calvin y Klein lo dejan suelto. Orgasmo protesta, trata de responder a las acusaciones, nos dice que todo es una equivocación, que cómo se nos ocurre que él va a hacer algo así... Pero al ver que ya no tiene ningún poder sobre nosotras, se retira callado.

—¿Estás bien? —pregunta Kalet pasando su mano por mi hombro—. ¿Te sientes liberada?

—La satisfacción de verlo caer, aunque sea por un ratito, es suficiente para mí —respondo mientras me pongo frente a él—. He sido una idiota. No me merezco nada, pero los tengo a todos ustedes...

Kalet me abraza con fuerza. Me susurra al oído:
—Te amo.

Seis meses han pasado. Voy al cementerio al que juré nunca volver. Me siento junto a la lápida. Coloco las flores sin ningún apuro. Le cuento a Rodrigo de todas mis aventuras con Pachuli Brown. De los hombres y amantes que fui conociendo para luego darme cuenta de que en realidad los desconozco. Pero sobre todo le hablo de Kalet Joubert, mi segundo y más profundo amor, quien me hizo ver que la felicidad es fugaz, que se trata de una conjunción de momentos especiales y muchas veces íntimos e invisibles a los ojos de otros. Que la felicidad no te recibe con bombos y platillos, que no está marcada con un cartel de bienvenida a la entrada. Que la felicidad no se presenta como un aluvión sino más bien como gotitas, como la garúa limeña, que tienes que recibir con gratitud. Le digo a mi primer amor que hoy no tengo miedo de enfrentar la vida porque la vida somos nosotros y lo que hacemos dentro de ella. Le explico lo mucho que he cambiado desde que se fue. Con lágrimas en los ojos le agradezco por haber estado conmigo durante tanto tiempo, incluso después de muerto. Le presento a Kalet, mi prometido. Y con valentía me despido para siempre de Rodrigo.